逸致文丛

西湖梦寻

——漫步在张岱的西湖梦里

〔明〕张岱　原著　苗子兮　导读

浙江摄影出版社
全国百佳图书出版单位

丛书策划：景迪云

责任编辑：张　磊　潘洁清

装帧设计：张　磊

责任校对：朱晓波

责任印制：汪立峰

图书在版编目（CIP）数据

西湖梦寻：漫步在张岱的西湖梦里 / (明) 张岱原著；苗子兮导读. -- 杭州：浙江摄影出版社，2020.5

（逸致文丛）

ISBN 978-7-5514-2857-6

Ⅰ. ①西… Ⅱ. ①张… ②苗… Ⅲ. ①古典散文—散文集—中国—明代 Ⅳ. ①I264.8

中国版本图书馆CIP数据核字(2020)第024287号

XIHU MENGXUN MANBU ZAI ZHANGDAI DE XIHUMENG LI

西湖梦寻——漫步在张岱的西湖梦里

〔明〕张岱　原著　苗子兮　导读

全国百佳图书出版单位

浙江摄影出版社出版发行

地址：杭州市体育场路347号

邮编：310006

网址：www.photo.zjcb.com

制版：浙江新华图文制作有限公司

印刷：浙江海虹彩色印务有限公司

开本：880mm×1230mm　1/32

印张：8.75

2020年5月第1版　　2020年5月第1次印刷

ISBN 978-7-5514-2857-6

定价：58.00元

引 言

古来记述西湖而最为今人称道的，当推张岱的《西湖梦寻》。故其书刊印至多，或单纯整理，或详加评点。作手于其间，似难别开生面。

所以当子兮说自己想为张岱的“西湖梦”再写些什么的时候，我心想这大抵可算是吃力不讨好的尝试了：宗子文章雅健，难以追步；而其间所含家国之思，亦无需续写。那还有什么可以追踪呢？

还好，子兮另辟蹊径，找到了一条别样的路。她想抛开写作，先跟着《西湖梦寻》去“寻梦”，去追前辈的足迹，去踩踏前辈用脚步丈量过的土地，去凭吊，去静思。至于文字，只是这些追寻之后的自然结晶而已。

于是，在一段时间里，我也经常陪着子兮去寻访张岱曾经走过的地方。寻访回来，她会仔细记下张岱经行之地的现状，也会查阅资料，了解此地曾上演的史事。在这追寻的过程中，草木花石的流转，风景人事的变迁，竟也得到显现。而有关杭州及西湖的历史，仿佛也一时活泼起来了。

慢慢地，文章越积越多，也就有了这本《西湖梦寻——漫步在张岱的西湖梦里》。在这本书中，我也终于找到它的价值所在：考述张岱之后四百年间杭州及西湖的变迁。

正是基于实地探访和查阅文献的结合，本书呈现给我们的，会是一个不一样的张岱，依然才华横溢，但也能看到他在不经意间所犯的小错误。如在飞来峰锥击杨琏真伽像时，张岱就犯了一回乌龙，搞错了对象。

至于记录四百年间张岱所见景致之变迁，则亦有深意。杭州历代文献，若吴自牧《梦粱录》、田汝成《西湖游览志》、翟灏《湖山便览》、钟毓龙《说杭州》等，勾勒出杭州的文献脉络。而本书跟着张岱进行了一番追寻，在我看来，留下些许有关今天的文字，也可谓“及前王之踵武”了。

如果有一天，后人在想象此刻之西湖时，能翻翻这本小书，我想，今日之事就不无裨益了。

是为序。

李子綦

2019 年 11 月 12 日

【西湖梦寻】

目 录

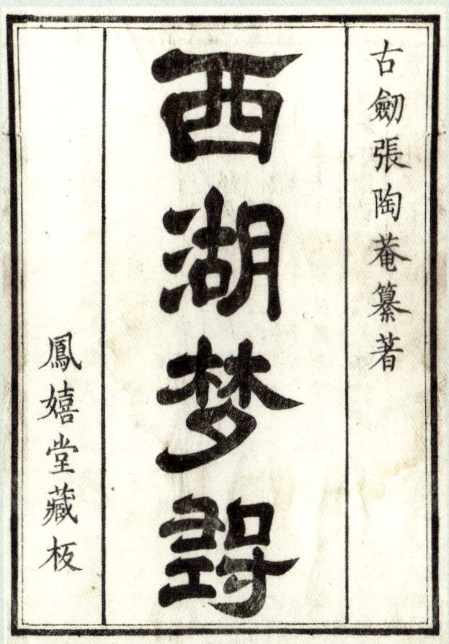
古劍張陶菴纂著

西湖梦尋

鳳嬉堂藏板

清康熙刊本《西湖梦寻》书影

张岱《西湖梦寻》全书凡五卷，分七十二则，分纪各景，后缀以古今诗文，张岱自著诗文亦颇不少。然世事沧桑，其所纪，有些遗迹仿佛，有些新貌皎然，而有些则早已化为荒烟蔓草。本书作者访得其中四十九处，聊以小文记之。同时，保留了原著七十二则原文及个别后缀诗文，以存古书大貌。

【西湖梦寻】

张岱自序

余生不辰，阔别西湖二十八载，然西湖无日不入吾梦中，而梦中之西湖，未尝一日别余也。前甲午、丁酉[1]，两至西湖，如涌金门商氏之楼外楼，祁氏之偶居，钱氏、余氏之别墅[2]，及余家之寄园，一带湖庄，仅存瓦砾。则是余梦中所有者，反为西湖所无。及至断桥一望，凡昔日之弱柳夭桃、歌楼舞榭，如洪水湮没，百不存一矣。余乃急急走避，谓余为西湖而来，今所见若此，反不若保吾梦中之西湖，尚得完全无恙也。因想余梦与李供奉异[3]。供奉之梦天姥也，如神女名姝，梦所未见，其梦也幻。余之梦西湖也，如家园眷属，梦所故

---

1 甲午、丁酉：指清顺治十一年（1654）及顺治十四年（1657）。张岱言阔别西湖二十八载，而此篇自序作于辛亥年，即清康熙十年（1671），推之二十八载前，则为 1643 年，即明亡之前。虽然张岱在明亡后两至西湖，然此西湖已非昔日，张岱梦中之西湖仍然是明亡之前的西湖。

2 商氏：商周祚，浙江会稽（今浙江绍兴）人，官至明吏部尚书。祁氏：祁彪佳，浙江山阴（今浙江绍兴）人，官至右佥都御史，清兵攻破杭州时投水殉国。钱氏：钱象坤，浙江会稽（今浙江绍兴）人，官至明东阁大学士。余氏：余煌，浙江会稽（今浙江绍兴）人，鲁王监国时为兵部尚书，鲁王败后，投水殉国。此四位皆为明末清正官员，且与张岱为同乡、挚友，故张岱格外留意他们在杭州居所的情况，而所见人去屋毁，分外凄凉。

3 李供奉：唐代大诗人李白，作有《梦游天姥吟留别》一诗。

有，其梦也真。今余僦居他氏已二十三载，梦中犹在故居。旧役小傒，今已白头，梦中仍是总角。夙习未除，故态难脱。而今而后，余但向蝶庵岑寂，蘧榻于徐[4]，惟吾旧梦是保，一派西湖景色，犹端然未动也。儿曹诘问，偶为言之，总是梦中说梦，非魇即呓也。因作《梦寻》七十二则，留之后世，以作西湖之影。余犹山中人，归自海上，盛称海错[5]之美，乡人竞来共舐其眼[6]。嗟嗟！金齑瑶柱[7]，过舌即空，则舐眼亦何救其馋哉！

岁辛亥七月既望，古剑蝶庵老人张岱题。

---

4 蝶庵、蘧榻：《庄子·齐物论》：“昔者庄周梦为胡蝶，栩栩然胡蝶也，自喻适志与，不知周也。俄然觉，则蘧蘧然周也。”故蝶庵、蘧榻意为睡梦之所。

5 海错：错综繁多的海产。

6 舐眼：饱眼福。

7 金齑：切为细末的精美食物。瑶柱：一种味道鲜美的海贝。金齑瑶柱指山珍海味。

卷一　西湖总记　西湖北路

明圣二湖[1]

自马臻[2]开鉴湖，而由汉及唐，得名最早。后至北宋，西湖起而夺之，人皆奔走西湖，而鉴湖之淡远，自不及西湖之冶艳矣。至于湘湖，则僻处萧然，舟车罕至，故韵士高人无有齿及之者。余弟毅孺常比西湖为美人，湘湖为隐士，鉴湖为神仙。余不谓然。余以湘湖为处子，眠娗羞涩[3]，犹及见其未嫁之时；而鉴湖为名门闺淑，可钦而不可狎；若西湖则为曲中名妓，声色俱丽，然倚门献笑，人人得而媟亵[4]之矣。人人得而媟亵，故人人得而艳羡；人人得而艳羡，故人人得而轻慢。

在春夏则热闹之，至秋冬则冷落矣；在花朝则喧哄之，至月夕则星散矣；在晴明则萍聚之，至雨雪则寂寥矣。故余尝谓："善读书，无过董遇三余[5]，而善游湖者，亦无过

---

1 明圣二湖：明圣湖为西湖古称，西湖分里湖、外湖，故称二湖。

2 马臻：扶风茂陵（今陕西兴平）人，东汉水利专家，汉和帝时（88—105）曾任会稽太守。

3 眠娗：腼腆。

4 媟亵：狎玩。

5 董遇：弘农（今河南灵宝）人，曹魏明帝时（226—239）官至大司农。他好学，且善于利用零星时间，故有"董遇三余"之说。

董遇三余。董遇曰：‘冬者，岁之余也；夜者，日之余也；雨者，月之余也。’雪巘古梅，何逊烟堤高柳；夜月空明，何逊朝花绰约；雨色涳濛，何逊晴光滟潋。深情领略，是在解人。”即湖上四贤[6]，余亦谓：“乐天之旷达，固不若和靖之静深；邺侯之荒诞，自不若东坡之灵敏也。”其余如贾似道之豪奢，孙东瀛[7]之华赡，虽在西湖数十年，用钱数十万，其于西湖之性情、西湖之风味，实有未曾梦见者在也。世间措大[8]，何得易言游湖。

6 四贤：明代杨孟瑛于西湖建四贤堂，以祀唐代李泌、白居易，宋代林逋、苏轼。此四位与西湖皆有深刻渊源。

7 孙东瀛：孙隆，号东瀛，直隶三河（今河北三河）人，明万历时（1573—1619）任苏杭织造。他与西湖的渊源见《十锦塘》。

8 措大：贫寒的读书人。

自苏东坡咏出那千古传诵的“欲把西湖比西子，淡妆浓抹总相宜”一句，世人皆以美人来喻西湖。西湖碧水如美目，青山如眉黛，春时花媚，秋夜月白，自是一段风流态度，如绝色佳丽。好事者又将桩桩美人故事，安之于其地，苏小小结同心之西陵，被指认为湖西之西泠，至于梁祝十八相送到长桥，白娘子断肠于雷峰塔，百般柔情千种怨，尽付柔水中。久而久之，西湖似多有媚态，以至于张岱以为西湖如曲中名妓，人人得而媟亵之。其实不然。

西湖只是一湾水，其气质，在于湖畔之人。游人走马乘舟，赏之玩之，只见其妖娆艳丽，可嬉可轻。然若至月夜雪夕，湖上寂寥，唯有痴人纵一苇于万顷，四下茫茫，天心在水，胸怀若涤，才又知西湖有一番隐者高士气度，非深情者不可领略。此张岱所谓善游湖者，无过董遇三余也。

西湖非独以美颜名世，亦有大利于民，为民父母者深知之。秦以前，西湖与海连，为一海湾。彼时，今杭州城区尚为泽国。汉时初置钱唐

南宋　李嵩《西湖图》　上海博物馆藏

县于武林山下（今灵隐一带）。此后海水渐渐退去，海湾成湖，滩涂成陆。隋时在西湖之东筑城，杭州乃兴。而杭州东濒江海，水多卤涩，唯有西湖聚武林水，清冽可人，是杭州百姓饮用灌溉之源。因此，治杭州者必治西湖，李泌凿六井，白公开石函，苏子筑长堤，从而使西湖之水滋润万民，才造化出杭州这座华贵天城。

至于岳武穆、于忠肃、张苍水、秋鉴湖，忠良志士，如此英雄者，皆以西湖为长眠地。盖一腔热血，唯万顷柔波能安抚之；两袖清风，唯十里烟柳能依偎之。英魂不灭，而西湖始为人间所重。

再有梵僧远来，道子长居，皆以西湖山水清丽，可为禅行修道之所，因此环湖遍山，多为伽蓝洞天。湖畔纵然喧嚣，一入山门，便觉清净。于此究深般若，参众妙门，得成就果，大德真人，辈出不穷。

故这区区一面湖水，美人似之，高士隐之，生民利之，英雄居之，求真悟道者亦久盘桓之。天下西湖三十六，如此西湖，真是绝无仅有，故我深爱之。

玉莲亭

白乐天守杭州，政平讼简。贫民有犯法者，于西湖种树几株；富民有赎罪者，令于西湖开葑田[1]数亩。历任多年，湖葑尽拓，树木成阴，乐天每于此地，载妓看山，寻花问柳。居民设像祀之，亭临湖岸，多种青莲，以象公之洁白。右折而北，为缆舟亭，楼船鳞集，高柳长堤，游人至此买舫入湖者，喧阗[2]如市。东去为玉凫园，湖水一角，僻处城阿[3]，舟楫罕到。寓西湖者，欲避嚣杂，莫于此地为宜。园中有楼，倚窗南望，沙际水明，常见浴凫[4]数百，出没波心，此景幽绝。

1　葑田：湖泽中葑菱积聚处，年久腐化变为泥土，水涸成田，是谓“葑田”。

2　喧阗：喧闹。

3　城阿：城市的角落。

4　凫：野鸭。

昭庆寺

昭庆寺，自狮子峰屯霞石发脉，堪舆家[1]谓之火龙。石晋元年始创，毁于钱氏乾德五年。宋太平兴国元年重建，立戒坛。天禧初，改名昭庆。是岁又火。迨明洪武至成化，凡修而火者再。四年奉敕再建，廉访杨继宗[2]监修。有湖州富民应募，挈万金来。殿宇室庐，颇极壮丽。嘉靖三十四年以倭乱，恐贼据为巢，遽火之。事平再造，遂用堪舆家说，辟除民舍，使寺门见水，以厌火灾。隆庆三年复毁。万历十七年，司礼监太监孙隆以织造助建，悬幢列鼎，绝盛一时。而两庑栉比，皆市廛精肆[3]，奇货可居。春时有香市，与南海、天竺、山东香客及乡村妇女儿童往来交易，人声嘈杂，舌敝耳聋，抵夏方止。崇祯十三年又火，烟焰障天，湖水为赤。及至清初，踵事增华[4]，戒坛整肃，较之前代，尤更庄严。

1　堪舆家：相看风水之人。

2　杨继宗：字承芳，山西阳城人。明宪宗成化九年（1473）任浙江按察使，“廉访”为对按察使的尊称。此处称成化四年（1468）杨继宗监修，疑有误。

3　市廛精肆：商家店铺。

4　踵事增华：接续之前的事业，增添其华彩。

《新镌海内奇观·昭庆大佛图》（明万历年间武林夷白堂刊本）

一说建寺时为钱武肃王八十大寿，寺僧圆净订缁流[5]古朴、天香、胜莲、胜林、慈受、慈云等结莲社[6]，诵经放生，为王祝寿。每月朔，登坛设戒，居民行香礼佛，以昭王之功德，因名昭庆。今以古德诸号，即为房名。

5　缁流：僧人。缁为黑色，因僧人多着黑色衣，故称。

6　莲社：僧侣组成的会社。东晋僧慧远曾结莲社，故称。

【附 录】张岱《西湖香市记》

西湖香市，起于花朝[1]，尽于端午。山东进香普陀者日至，嘉湖进香天竺者日至，至则与湖之人市[2]焉，故曰“香市”。然进香之人市于三天竺，市于岳王坟，市于湖心亭，市于飞来峰，无不市，而独凑集于昭庆寺，昭庆寺两廊故无日不市者，三代八朝之骨董，蛮夷闽貊[3]之珍异，皆集焉。至香市，则殿中边甬道上下，池左右，山门内外，有屋则摊，无屋则厂[4]，厂外有篷，篷外又摊，节节寸寸。凡胭霜簪珥、牙尺[5]剪刀，以至经典木鱼、伢儿嬉具之类，无不集。此时春暖，桃柳明媚，鼓吹[6]清和，岸无留船，寓无留客，肆无留酿。袁石公[7]所谓“山色如娥，花光似颊，温风如酒，波纹若绫”，已画出西湖三月。而此以香客杂来，光景又别。士女闲都[8]，不胜其村妆野归之乔画[9]；芳兰芗泽，不胜其

1 花朝：传统节日，又称“花神节”“百花生日”，日期有二月初二、二月十二、二月十五等说。节日时，人们外出踏青赏花。

2 市：交易。

3 蛮夷：古代对四方边远地区民族的贬称。闽：指福建一带民族。貊：指东北方的民族。蛮夷闽貊：泛指四方边远之地。

4 厂：棚屋。

5 牙尺：象牙制的尺子。

6 鼓吹：泛指音乐。

7 袁石公：袁宏道，字中郎，号石公，荆州公安（今湖北公安）人，明代文学家，与兄袁宗道、弟袁中道并有才名，合称“公安三袁”。

8 闲都：娴雅优美。

9 乔画：乔装打扮。

昭庆寺图（选自清乾隆刊本《大昭庆律寺志》）

合香芫荽之薰蒸；丝竹管弦，不胜其摇鼓欲笙之聒帐[10]；鼎彝光怪，不胜其泥人竹马之行情；宋元名画，不胜其湖景佛图之纸贵。如逃如逐，如奔如追，撩扑不开，牵挽不住，数百十万男男女女、老老少少，日簇拥于寺之前后左右者，凡四阅月[11]方罢。恐大江以东，断无此二地矣。崇祯庚辰，昭庆寺火。是岁及辛巳、壬午岁洊[12]饥，民强半饿死。壬午道鲠[13]山东，香客断绝，无有至者，市遂废。辛巳夏，余在西湖，但见城中饿殍舁出，扛挠相属。时杭州刘太守梦谦，汴梁人，乡里抽丰者，多寓西湖，日以民词馈送。有轻薄子改古诗诮之曰："山不青山楼不楼，西湖歌舞一时休。暖风吹得死人臭，还把杭州送汴州。"可作西湖实录。

10　欲：吹奏。聒帐：管乐齐作，通宵达旦。

11　四阅月：经过四个月。

12　洊：再次。

13　鲠：堵塞。

今杭州市少年宫“联欢厅”，此为大昭庆律寺唯一留存下来的建筑——民国初年按旧制重建的大雄宝殿

每次坐上 6 路公交车，还剩最后一站时，车上剩下的往往都是背着书包的小伢儿，由大人陪着。随着车上广播响起“终点站少年宫到了”，伢儿们蹦跳着下了车，大人们忙不迭地跟着。他们去往的是少年宫，那里是青少年的活动中心。

来来往往于少年宫的少年们不知有没有为正门后那座有着巨大重檐歇山顶的大殿感到一丝惊讶，和周围的水泥建筑、摩天轮相较，它显得有些格格不入。是的，这座现在被称为“联欢厅”的大殿虽是重建的，其身世却可以追溯到一个更古老的时代，它的前身曾经作为昭庆寺的大雄宝殿而出现在张岱的西湖梦里。

张岱笔下昭庆寺前的西湖香市，是西湖边一个顶热闹活泼之地，犹如现在的超级市场，寺门口商铺连绵，数百十万男男女女、老老少少“如逃如逐，如奔如追，撩扑不开，牵挽不住”。而一道山门之隔，昭庆寺内，却是一派庄严肃穆。须知昭庆寺有律宗法门，宋时，永智、允堪等律宗大师先后来此大弘南山律法、筑坛授戒，时称昭庆律师为天下传律宗最上。而律宗，恐怕是汉传佛教中最严肃的一个宗派了，所谓三千威仪，八万细行，极重修身持戒。

自古深山藏古寺，而这样一座丛林，却偏偏立于有销金锅之称的西湖边，于明山媚水、画船轻歌的花团锦簇中，修极冷极寂之佛心，于万般色相幻影中，见空空之本性。恐怕这正是开山律师之苦心。

民国才子李叔同，也便是弘一大师，在《我在西湖出家的经过》一文中提到，他在杭州时，住处在钱塘门内，离西湖很近。他常常一个人出门，独自到西湖边景春园的楼上去吃茶。在茶馆的附近，就是那有名的大寺院——昭庆寺了。吃茶之后，李叔同也常常顺便地到那里去看一看，或许正是这看一看，让他在梵诵戒法中了悟了外在繁华世界如梦幻泡影。之后他出家，修持的正是律宗，“自知心是佛，常以戒为师”，终身恪守不渝，而成律宗第十一代宗师。

也许是要昭示无常之理，张岱曾叙述昭庆寺一次次遭火焚兵劫又再起，而近代以来，这座曾为“省郡丛林之冠”的伽蓝渐渐被岁月剥蚀。山门倒塌，放生池填埋，天王殿夷为平地，一点点，昭庆寺消失在西湖的景观印象里。

如今，少年宫一带仍然是西湖边顶热闹活泼的去处，春日里，游人如织，沉浸在如酒的温风熏醉里。

不知还有没有寂寞的魂灵，来到那往昔的丛林前，看一看。

哇哇宕

哇哇石，在棋盘山上，昭庆寺后，有石池深不可测，峭壁横空，方员可三四亩，空谷相传，声唤声应，如小儿啼焉。上有棋盘石，耸立山顶，其下烈士祠，为朱跸、金胜、祝威[1]诸人，皆宋时死金人难者，以其生前有护卫百姓功，故至今祀之。

---

1 朱跸：南宋初年钱塘县令。金胜、祝威：南宋初年钱塘县尉将。三人皆因抗金而阵亡。明田汝成《西湖游览志》卷八载："宋建炎三年，金酋完颜宗弼犯临安，郡守康允之退保赭山，钱唐令朱跸鸠乡兵二千邀击之，力战死。尉将金胜、祝威复集凋兵据葛岭，编竹覆泥为大途以诱贼。贼骑飙至，蹄踺而踣，仆者鳞叠，横尸山委。金人大骇，遁赤山，得奸细为导，由南壁入，胜、威被执，死之。郡人感其忠节，以马革裹尸，骈葬于云洞之右，立祠祀之。后人并以祀跸。"

大佛头

大石佛寺，考旧史，秦始皇东游入海，缆舟于此石上。后因贾平章[1]住里湖葛岭，宋大内在凤凰山，相去二十余里，平章闻朝钟[2]响，即下湖船，不用篙楫，用大锦缆绞动盘车[3]，则舟去如驶，大佛头，其系缆石桩也。平章败，后人镌为半身佛像，饰以黄金，构殿覆之，名大石佛院，至元末毁。明永乐间，僧志琳重建，敕赐大佛禅寺。贾秋壑为误国奸人，其于山水书画骨董，凡经其鉴赏，无不精妙。所制锦缆，亦自可人。一日临安失火，贾方在半闲堂斗蟋蟀，报者络绎，贾殊不顾，但曰："至太庙则报。"俄而，报者曰："火直至太庙矣！"贾从小肩舆，四力士以椎剑护，舁[4]舆人里许即易，倏忽至火所，下令肃然，不过曰："焚太庙者，斩殿帅[5]。"于是帅率勇士数十人，飞身上屋，一时扑灭。贾虽奸雄，威令必行，亦有快人处。

---

1 贾平章：贾似道，浙江天台人，南宋理宗时（1224—1264）权相。平章，为同中书门下平章事的简称，宋代任宰相之职者，需加"平章事"衔称。

2 朝钟：官员上朝时鸣响的钟声。

3 盘车：中国古代的一种机械，与辘轳相似，轮轴上卷以缆绳，转动时，缆绳可牵引重物。

4 舁：共同抬起。

5 殿帅：宋代对统领禁军的殿前指挥使的简称。

明　孙枝《西湖纪胜图·大佛寺》　宁波天一阁博物馆藏

如今的宝石山上，锻炼、游赏的人踪不绝。人们沿宝石山下一弄的石阶路轻快上山来，经过一片逼仄的旧屋时，许会停下，买瓶矿泉水，来串臭豆腐，然后又沿着石阶路向山林深处去了。

绝少有人还知道，这附近有个大佛头。

就在那片旧屋的东面，有一块平旷之地，尽头，有大石如巨卵。平日里，它低调无闻。若好奇者走近端详时，才会发现它的不凡。

这块巨石乃是一尊巨大佛像的头部遗存。此佛像倚着宝石山一侧的断崖，至今犹可见凿痕累累的头部和肩部，其余的则已湮灭在旧舍荒草间了。虽如此，单就现存的体量判断，也可知此大佛的气度宏大。

若翻翻旧书，在唐代陆羽的《武林山记》里就提到过这块石头，称它是“秦王缆船石”，俗呼“西石头”。想当年秦皇巡游天下，历钱唐，临浙江，水殿龙舟于恶浪狂波间，或曾缆船石上？虽难确考，但这传说却是一代代流传下来，为父老传言，诗人题咏。

后周显德三年（956），坐镇东南的吴越王钱弘俶在此处建了一僧院，琢二石佛。不过这石佛并非琢于此巨石上。直到北宋时，有一个小儿经行此处时，一见巨石，仿佛有缘，发了一誓愿：“若日后出家，定要镌此石为佛。”这小儿日后果然出家，法号思净，于垂老时，他终于完成誓愿，将这块有灵性的巨石凿成了一尊大佛，并以黄金装饰，以重阁覆盖，巍巍然庄严法相于宝石山间，为西湖畔一佛迹盛景。南宋时人甄龙友曾作一赞云：“色如黄金，面如满月。尽大地人，只见一橛。”

在清代，大佛依然自在端坐。当时士女游湖，自钱塘门外停船后，

大佛寺弥勒半身石佛残迹

抬头入目的恐怕便是这尊金身大佛，如张云璈诗：“钱塘门外好停舟，士女争看大佛头。”好游的乾隆皇帝亦三顾于此，留下题赞。

究大佛头身世如此，则张岱所谓大佛头为贾似道缆舟处，恐怕非实。但贾似道宅就在附近葛岭，每日里贾平章出入进退，尽入石佛眼里，却是真的；宋室宫阙灰飞烟灭，尽入石佛眼里，却是真的；此后的元明清迭代，石佛将兴亡看饱，却是真的。

只是如今的石佛早已目盲耳聋，沦落一隅。

保俶塔

宝石山，高六十三丈，周一十三里。钱武肃王封寿星宝石山，罗隐为之记。其绝顶为宝峰，有保俶塔，一名宝所塔。盖保俶塔也，宋太平兴国元年，吴越王俶闻唐亡而惧，乃与妻孙氏、子惟濬、孙承祐入朝，恐其被留，许造塔以保之。称名，尊天子也。至都，赐礼贤宅以居，赏赉甚厚。留两月遣还，赐一黄袱，封识[1]甚固，戒曰："途中宜密观。"及启之，则皆群臣乞留俶章疏也，俶甚感惧。既归，造塔以报佛恩。保俶之名，遂误为保叔。不知者遂有"保叔缘何不保夫"之句。

俶为人敬慎，放归后，每视事，徙坐东偏[2]，谓左右曰："西北者，神京[3]在焉，天威不违颜咫尺，俶敢宁居乎！"每修省入贡，焚香而后遣之。未几，以地归宋，封俶为淮海国王。其塔，元至正末毁，僧慧炬重建。明成化间又毁，正德九年僧文镛再建。嘉靖元年又毁，二十二年僧永固再

1 封识：封缄并加标记。

2 坐东偏：古代君王坐北朝南。吴越王坐东偏，以示对宋朝的臣服。

3 神京：北宋首都开封，在杭州西北方向。

从孤山远眺保俶塔（老照片）

建。隆庆三年大风折其顶，塔亦渐圮，万历二十二年重修。其地有寿星石、屯霞石。去寺百步有看松台，俯临巨壑，凌驾松杉，看者惊悸。

塔下石壁孤峭，缘壁有精庐四五间，为天然图画阁。

保俶塔（老照片　摄于 20 世纪 20 年代初）
当时山顶为广济医院院长梅藤更所租用，并于保俶塔东西两侧分别建造了肺病疗养院和康复所两栋建筑

西湖如美目盈盈，绵延的西湖群山勾勒出优雅的眉线，而保俶塔那一尖，仿佛眉间的一点花钿。

游西湖的人，不可不看保俶塔，它那修长的身姿，让人不禁想到“保俶如美人”的经典比喻。若有一知半解者，还会在指点间讲起那个和保俶塔有关的故事，和张岱听闻的那样，保俶塔要保的是吴越王钱弘俶，不信，你瞧，这罕见的“俶”字出现在塔名里便是例证。若是有念半边白字者把塔名念成“保叔塔”，再讲起嫂子为保小叔子而建塔的俚传，则是以讹传讹了。

故事也有鄙视链，念“保俶塔”并坚信此塔保钱弘俶的人，自然是不屑那些念“保叔塔”、津津乐道于叔嫂传说的人的。可细究一下，那个更冠冕堂皇的故事便是真的么？

保俶塔的真正营建者，名叫吴延爽，其建塔碑记的残片于清乾隆五十四年（1789）被人发现。这位吴延爽虽然是钱弘俶的舅舅，但他建塔的目的不是保佑钱弘俶平安，而是为了安放东阳善导和尚的舍利。此时，吴氏诸王舅正是春风得意之时，亲外甥坐着江山，吴氏一族高官厚禄、鲜衣怒马更不必说。只是好景不长，960 年，吴氏诸舅以“谋叛罪”遭杀遭贬，吴延爽也被流放外州，自后远离政治中心。而钱弘俶于南唐灭亡后的 976 年入朝，此时远在流放地的吴延爽自然不可能为其造塔，所谓“保俶”，更是子虚乌有之事。

那么“保俶塔”之名又源自何处呢？

查南宋时编撰的《咸淳临安志》可知，原来北宋咸平年间（998—1003），此塔遭损。有一位盲目的永保和尚，辛苦募缘十年，终于将塔修缮一新。永保和尚又被人称作“师叔”，于是当地人便以“保叔”来名塔。

久而久之，民间望文生义，杜撰出嫂子为保小叔子而建塔的传说。明末有一位朱国祯，认为这故事有伤风化，便在其《涌幢小品》中将“保叔塔”改为“保俶塔”，并编出了个保钱弘俶归来的新说法，而这个说法便被张岱所接受，并吸纳到他的《西湖梦寻》之中了。然建塔的原意并非无人知晓，清代翟灏《湖山便览》有云，“吴越臣吴延爽请东阳僧善导舍利建”。此是正解。

人们总是喜欢更传奇的故事，无论是保小叔子，还是保吴越王，那些系关人伦禁忌和王侯将相的故事似乎更能吸引人。但在欣赏塔影湖光之时，还是希望有人记得，那盲目老僧的蹒跚背影，哪怕它色调灰暗、画质粗糙。

玛瑙寺

玛瑙坡，在保俶塔西，碎石文莹，质若玛瑙，土人采之，以镌图篆，晋时遂建玛瑙宝胜院。元末毁，明永乐间重建。有僧芳洲，仆夫艺竹[1]得泉，遂名仆夫泉。山颠有阁，凌空特起，冯眺最胜，俗称玛瑙山居。寺中有大钟，侈弇齐适[2]，舒而远闻，上铸《莲经》[3]七卷，《金刚经》三十二分。昼夜十二时，保六僧撞之，每撞一声，则《法华》七卷、《金刚》三十二分，宰字皆声。吾想法夜闻钟，起人道念，一至旦昼，无不牿亡[4]。今于平明白昼时，听钟声猛为提醒，大地山河，都为震动，则铿锵[5]一响，是竟《法华》一转、《般若》一转矣。内典[6]云："人间钟鸣未歇际，地狱众生，刑具暂脱此间也。"鼎革[7]以后，恐寺僧惰慢，不克如前。

---

1 艺竹：栽种竹子。
2 侈弇齐适：钟口大小合适。
3 《莲经》：《妙法莲华经》的简称，又称《法华经》。
4 牿亡：受遏制而消亡。
5 铿锵：钟鼓声相杂。
6 内典：佛教经典，因佛法是心性内求的学问，故称。
7 鼎革：改朝换代，即清灭明。

孤山玛瑙坡，因山坡间曾散布赤石，圆润似玛瑙而得名，为北宋孤山名刹玛瑙寺所在，住持僧智圆，精佛理，擅诗赋，与隐居诗人林逋为邻，常相唱和

玛瑙寺，有一个迷人的名字。张岱说，此寺得名自玛瑙坡，玛瑙坡上有晶莹美丽、质若玛瑙的石头，当地人采去镌刻图章。

如今的玛瑙寺，与张岱时一般，位于保俶塔西、葛岭之下。但如果信了张岱的话，抱着采石寻宝的念头来访玛瑙寺，恐怕要失望一场。原来，玛瑙寺搬过家了，它的原址在孤山玛瑙坡上，南宋《咸淳临安志》称其“地有碎石如玛瑙状，故名”，明《西湖游览志》称“碎石文莹，若玛瑙然，人多采之，以镌图篆”，正是张岱之说的源起。至今孤山玛瑙坡上有吴昌硕题写的“玛瑙坡”三字，可为其验明正身。玛瑙寺始建于吴越，重修于北宋，高僧智圆住持其中，闲时可扶杖去与林逋处士唱和。南宋初，孤山要建皇家专用道观四圣延祥观，玛瑙寺才迁到葛岭南麓。

今玛瑙寺

作为梵宇的玛瑙寺早在历史烟尘中遁化了，如今的玛瑙寺，是玲珑的园林，是台湾文化的展示馆，也是那位写下“青山青史各千年”的有缘人的纪念馆。

虽然觅不得玛瑙状的石子了，但走进玛瑙寺，我还是想在此寻找一些张岱时代的遗存，比如，仆夫泉。

仆夫泉之名，似乎大俗，但艺竹掘泉之类，确实是由那一双双胼胝的手做出的。若无这手沾泥土的俗人，何来那观竹品泉的雅事。世间掘泉的仆夫有万千，难得这一处的饮水者记住了他。不过原仆夫泉在玛瑙寺的孤山旧址，这里的泉为僧芳洲所凿，为纪念前泉，亦以“仆夫”名，表示一以贯之。

当年的仆夫泉盈盈之时，取之，“烹珠兼炼雪”（厉鹗《游玛瑙寺访后仆夫泉分得无字》），能化一壶好茶。遗憾的是，今日的仆夫泉已干涸了，留下那披着薜萝的太湖石，圆滚滚的鹅卵石、原本盛莲花的陶缸，萧索之下，倒有些枯山水的意味了。

虽无泉涌，但现代营造者还是在另一处辟出了一汪池水，也许是为纪念干涸的泉，这池也以“仆夫”名之了。仆夫池中有鱼数十尾，或金或红，煞是可爱，以之来比玛瑙，未必不可。寻不见玛瑙石，看看似玛瑙般美丽的鱼，也可不辜负玛瑙寺之行了。

当然，张岱当年听闻的震动大地山河的钟声是销声匿迹了。尘世如此喧嚣，在人们耳中充斥着，似乎也不需要洪钟一声来猛为提醒了。倒是宁静显得难能可贵。从北山街的车水马龙步入这少有人来的玛瑙寺，古樟巨树阻隔了浮世的声响，在仆夫池，痴痴地观鱼，抬起头，那鸟鸣、那水声，忽然真真切切地被闻见，谁的心魂不为之焕然呢？

智果寺

智果寺，旧在孤山，钱武肃王建。宋绍兴间，造四圣观[1]，徙于大佛寺西。先是东坡守黄州，於潜僧道潜[2]，号参寥子，自吴中来访，东坡梦与赋诗，有“寒食清明都过了，石泉槐火一时新”之句。后七年东坡守杭，参寥卜居智果，有泉出石罅间，寒食之明日，东坡来访，参寥汲泉煮茗，适符所梦，东坡四顾坛壝[3]，谓参寥曰：“某生平未尝至此，而眼界所视，皆若素所经历者，自此上忏堂当有九十三级。”数之果如其言，即谓参寥子曰：“某前身寺中僧也，今日寺僧皆吾法属耳。吾死后，当舍身为寺中伽蓝[4]。”参寥遂塑东坡像，供之伽蓝之列，留偈壁间，有“金刚开口笑钟楼，楼笑金刚雨打头。直待有邻通一线，两重公案一时修”。后寺破败。崇祯壬申，有扬州茂才鲍同德字有邻者，来寓

1 四圣观：宋高宗时（1127—1162）建，以祀天蓬、天猷、翊圣、真武。明田汝成《西湖游览志》卷八载：“宋高宗为康王时，尝使于金，夜见四巨人执仗卫行。询之方士，云：‘紫微有大将四，名曰天蓬、天猷、翊圣、真武。’王心异之。及即位，乃建观祀之。”

2 道潜：号参寥子，於潜（今浙江杭州）人，北宋诗僧，与苏轼有唱和。

3 坛壝：围有短墙的土台。

4 伽蓝：寺院护法神。

寺中，东坡两次入梦，属以修寺，鲍辞以“贫士安办此？”公曰：“子第为之，自有助子者。”次日，见壁间偈有“有邻”二字，遂心动，立愿作《西泠记梦》，见人辄出示之。一日至邸，遇维扬姚永言，备言其梦，座中有粤东谒选进士[5]宋公兆禴者，甚为骇异。次日，宋公筮仕[6]，遂得仁和，永言怂恿之，宋公力任其艰，寺得再葺。时有泉适出寺后，好事者仍名之参寥泉焉。

5　谒选进士：中进士后等候任命。

6　筮仕：初出做官。

六贤祠

宋时西湖有三贤祠两：其一在孤山竹阁，三贤者，白乐天、林和靖、苏东坡也；其一在龙井资圣院，三贤者，赵阅道、僧辨才、苏东坡也。宝庆间，袁樵[1]移竹阁三贤祠于苏公堤，建亭馆以沽官酒，或题诗云："和靖东坡白乐天，三人秋菊荐寒泉。而今满面生尘土，却与袁樵趁酒钱。"又据陈眉公[2]笔记，钱塘有水仙王庙，林和靖祠堂近之。东坡先生以和靖清节映世，遂移神像配食水仙王。黄山谷有《水仙花》诗，用此事："钱塘昔闻水仙庙，荆州今见水仙花。暗香靓色撩诗句，宜在孤山处士家。"则宋时所祀，止和靖一人。明正德三年，郡守杨孟瑛重浚西湖，立四贤祠以祀李邺侯[3]，白、苏、林三人，杭人益以杨公，称五贤。而

1 袁樵：当为袁韶，字彦淳，浙江鄞县人，南宋嘉定、宝庆年间（1208—1227）曾任临安府尹。

2 陈眉公：陈继儒，字仲醇，号眉公，松江华亭（今上海）人。明代文学家、画家。

3 李邺侯：李泌，字长源，祖籍辽东襄平（今辽宁辽阳），生于京兆（今陕西西安）。唐代中期著名政治家，官至中书侍郎、同平章事，封邺县侯，世称"李邺侯"。

孤山柏堂、竹阁

后乃祧杨公，增祀周公维新[4]、王公弇州[5]，称六贤祠。张公亮[6]曰："湖上之祠，宜以久居其地，与风流标令，为山水深契者乃列之。周公冷面，且为神明，有别祠矣；弇州文人，与湖非久要，今并四公而坐，恐难熟热[7]也。"人服其确论。

---

4 周公维新：疑为周新，见《城隍庙》篇。

5 王公弇州：王世贞，字元美，号弇州山人，太仓（今江苏太仓）人，明代政治家、文学家，隆庆年间（1567—1572）曾任浙江右参政，为"后七子"之一。

6 张公亮：张明弼，字公亮，金坛（今江苏金坛）人，明代文学家，为复社重要成员。

7 熟热：熟悉。

西泠桥

西泠桥，一名西陵，或曰：即苏小小[1]结同心处也。及见方子公[2]诗有云："数声渔笛知何处，疑在西泠第一桥。"陵作泠，苏小恐误。余曰："管不得，只西陵便好。且白公断桥诗'柳色青藏苏小家'，断桥去此不远，岂不可借作西泠故实耶！"昔赵王孙孟坚[3]子固常客武林，值菖蒲节，周公谨[4]同好事者邀子固游西湖。酒酣，子固脱帽，以酒晞发[5]，箕踞[6]歌《离骚》，傍若无人。薄暮入西泠桥，掠孤山，舣[7]舟茂树间，指林麓最幽处，瞪目叫曰："此真洪谷子[8]、董北苑[9]得意笔也！"邻舟数十，皆惊骇绝叹，以为真谪仙人。得山水之趣味者，东坡之后，复见此人。

---

1 苏小小：南齐时名伎，《乐府诗集》录《苏小小歌》曰："妾乘油壁车，郎骑青骢马。何处结同心，西陵松柏下。"

2 方子公：方文僎，字子公，新安（今安徽歙县）人，明代诗人，散文大家袁宏道之友。

3 赵孟坚：字子固，海盐（今浙江平湖）人，赵宋宗室，南宋画家。

4 周公谨：周密，字公谨，原籍济南，流寓吴兴（今浙江湖州），南宋词人，一生著述丰富，著有《齐东野语》《武林旧事》等。

西泠桥

5 晞发：用酒淋湿头发后再风干。

6 箕踞：伸足而坐。

7 舣：使船停靠。

8 洪谷子：荆浩，号洪谷子，河内沁水（今河南济源）人，五代后梁画家。

9 董北苑：董源，江西钟陵（今江西进贤）人，因曾任南唐北苑副使，故称董北苑，五代南唐画家。

明末才女柳如是曾居西湖上，作有《西湖八绝句》，其中一句最绝，道是“大抵西泠寒食路，桃花得气美人中”。

将美人比作桃花，第一人这么说，是妙句，此后人云亦云也便俗了。柳如是此句，不对美人桃花作正面比拟，却以“气质如一”贯穿二者，于是人面桃花，瞬间便气韵生动起来，难怪文坛领袖钱谦益对此句亦赞叹不已，有和作“近日西泠夸柳隐，桃花得气美人中”。后两人因缘缔结，西泠的桃花或许与有荣焉。

“美”这种东西，于花，于人，于山水，于诗画，虽面目各异，但那气质却是一以贯之的。

三月阳春，西泠桥旁繁花似锦，美人如云，看花看人皆宜，自不必说了。若有心者，等在桥上静观，待到夕阳西斜，远眺这林麓幽处，霞晖如醉，远峰则浓墨画出，近树则篆笔勾成，难怪赵孟坚会瞪目大呼，称此为五代名家荆浩、董源的笔意。此二家妙擅水墨山水法，水晕墨章，若非得气于佳山秀水中，岂能运笔于绢素之上。眼前山水与画里山水，其实一也。

过了西泠桥，就是孤山。山卧湖中，玲珑可爱。光绪三十年（1904），有浙派篆刻家丁辅之、王福庵、叶为铭、吴隐四人登孤山至数峰阁旁，见此地山石韵致，于是买地筑屋，叠山造园，创立了赫赫有名的西泠印社。

西泠印社，实则一山水园林。旧址原为广化寺，有辟支塔、柏堂、竹阁、金沙井之属，印社袭其胜而添其趣。若依孤山南麓拾级而上，见楼阁错落，凿石林立，摩崖墨迹比比皆是，还有泉池、石塔散居其间，

西泠印社

小小一方天地，布局疏密有致，气韵盎然。俯仰其中，近取山泉之乐，远眺湖光之美。览此园林后，再入印学博物馆中观摩名家刻印，见方寸之内，布置得趣，寥寥数笔，气象万千，才恍然明白，造印之妙与造园之妙，其实一也。

岳王坟

岳鄂王死，狱卒隗顺负其尸，逾城至北山以葬。后朝廷购求葬处，顺之子以告。及启棺如生，乃以礼服殓焉。隗顺，史失载。今之得以崇封祀享，肸蚃[1]千秋，皆顺力也。倪太史元璐[2]曰："岳王祠，泥范忠武，铁铸桧、卨，人之欲不朽桧、卨也，甚于忠武。"按公之改谥忠武，自隆庆四年。墓前之有秦桧、王氏、万俟卨[3]三像，始于正德八年，指挥李隆以铜铸之，旋为游人挞碎。后增张俊[4]一像。四人反接[5]，跪于丹墀。自万历二十六年，按察司副使范涞易之以铁，游人椎击益狠，四首齐落，而下体为乱石所掷，止露肩背。旁墓为银瓶小姐。王被害，其女抱银瓶坠井中死。

1　肸蚃：散布、传播。

2　倪元璐：浙江上虞人，明末官员，官至户部尚书。李自成攻破北京后，自缢殉国。

3　秦桧：江宁（今江苏南京）人，南宋高宗时（1127—1162）权相。王氏：秦桧之妻，参与谋划陷害岳飞事。万俟卨：阳武（今河南原阳）人，南宋官员，官至尚书右仆射，参与陷害岳飞事。

4　张俊：成纪（今甘肃天水）人，南宋将领，参与陷害岳飞事。

5　反接：反绑。

杨铁崖[6]乐府曰："岳家父，国之城；秦家奴，城之倾。皇天不灵，杀我父与兄。嗟我银瓶为我父，缇萦生不赎父死，不如无生。千尺井，一尺瓶，瓶中之水精卫鸣。"墓前有分尸桧。天顺八年，杭州同知马伟锯而植之，首尾分处，以示磔桧状。隆庆五年，大雷击折之。朱太史之俊曰："一秦桧耳，铁首木心，俱不能保至此。"天启丁卯，浙抚造祠媚珰[7]，穷工极巧，徙苏堤第一桥于百步之外，数日立成，骇其神速。崇祯改元，魏珰败，毁其祠，议以木石修王庙。卜之王，王弗许。

岳云，王之养子，年十二从张宪战，得其力，大捷，号曰"赢官人"，军中皆呼焉。手握两铁锤，重八十斤。王征伐，未尝不与，每立奇功，王辄隐之。官至左武大夫、忠州防御使。死年二十二，赠安远军承宣使。所用铁锤犹存。

张宪为王部将，屡立战功。绍兴十年，兀术屯兵临颍，宪破其兵，追奔十五里，中原大振。秦桧主和班师，桧与张俊谋杀岳飞，诱飞部曲能告飞事者，卒无人应。张俊锻炼[8]宪，被掠无完肤，强辩不伏，卒以冤死。景定二年，追

---

6 杨铁崖：杨维桢，号铁崖，浙江诸暨人，元代文学家、书法家。

7 珰：太监的代称。此处指明熹宗天启年间（1621—1627）权倾一时的大太监魏忠贤。

8 锻炼：严刑拷打。

南宋　传为刘松年所作《中兴四将图卷》（局部）　左二为岳飞像

封烈文侯。正德十二年，布衣王大祐发地得碣石，乃崇封[9]焉。郡守梁材建庙，修撰唐皋记之。

牛皋墓在栖霞岭上。皋字伯远，汝州人，岳鄂王部将，素立战功。秦桧惧其怨己，一日大会众军士，置毒害之。皋将死，叹曰："吾年近六十，官至侍从郎，一死何恨，但恨和议一成，国家日削。大丈夫不能以马革裹尸报君父，是为叹耳！"

9　崇封：建立高大的坟墓。

今岳庙大殿岳飞坐像

“赖有岳于双少保，人间始觉重西湖。”

苏堤之畔，正是春烟如袅、暖风熏醉之处，此时岸旁，陡然见一青石牌坊，书“碧血丹心”四字，魂灵似乎被瞬间震醒，周遭的一切柔花弱柳也倏然肃穆庄重起来。

因为一位英雄长眠在此。

进入岳王庙的崇高大门后，是不敢不战战兢兢的。哪怕浪荡游侠如张岱，写到《岳王坟》一章时，笔调也端肃如正史。在这里，混沌不清的善恶是非豁然中开，黑云翻滚的历史天空日月朗照。

岳飞的故事，我们太熟悉了，从岳母刺字，到投军报国，到大破金军，到十二道金牌催回，再到风波亭遇害，许多人看过几回《说岳》，都能念上几句《满江红》，遣词造句时也会用上个“莫须有”。或许是太熟悉了，这个曾经令人怒发冲冠的英雄悲剧经过无数次念叨，也就显得不那么惊心动魄了。

于是，有人开始给这幕悲剧加上各式各样的注解，如岳飞性格耿直，不知变通，总是嚷嚷着“迎回二圣”，戳中了宋高宗的痛处；如岳飞等一干大将功高震主，宋高宗唯恐尾大不掉，故而杀一儆百；如南宋初年财政困难，无力支持北伐，求和乃是为了休养生息，而一力主战的岳飞其实是穷兵黩武……林林总总，这些注解，似乎想要解释岳飞被害的原因，给宋高宗、秦桧的行径提供一个“合理”的理由。渐渐地，岳飞的悲剧不再是时代的悲剧，而只是一桩属于他个人的惨案，是由于他自己的种种不周考虑、执拗主张、缺陷性格造成的。讲者唾沫横飞，头头是道，听者恍然大悟，如醍醐灌顶。

岳飞墓（老照片）

让他们说去吧，因为他们是无法理解一个真正具有君子品格的灵魂的。天日昭昭，岳飞仰不愧苍天，俯不愧黎民。

他只是卓荦不凡，只是忠诚不贰，只是不忍见遗民泪尽胡尘里，于是，他拼舍一生，去战斗，去讨还大好河山。

他只是太耀眼，太让敌人胆寒，使得敌人一定要除之而后快。

而在宋高宗一味偏安、不思进取的思路下，功绩卓越的岳飞成了他向金国请和的投名状。

有时候，历史并没有那么复杂，它的真相和你在幼年时听到的一样。

白铁无辜，铸就的那四个人像依旧跪着；青山有幸，不朽的灵魂顶天立地。忠与奸，善与恶，在这里千百年地对立着。孰是孰非，何去何从，一目了然。

不知五百年前的那位遗民曾在一个怎样幽冷的清晨，探访这位英雄的坟茔。那时，故国河山早已沦落，他只能伏在荒草披离的墓前，长泪不止。

紫云洞

紫云洞在烟霞岭右。其地怪石苍翠，劈空开裂，山顶层层，如厦屋天构。贾似道命工疏剔建庵，刻大士像于其上。双石相倚为门，清风时来，谽谺[1]透出，久坐使人寒栗。又有一坎突出洞中，蓄水澄洁，莫测其底。洞下有懒云窝，四山围合，竹木掩映，结庵其中。名贤游览至此，每有遗世[2]之思。洞旁一壑幽深，昔人凿石，闻金鼓声而止，遂名“金鼓洞”。洞下有泉，曰“白沙”。好事者取以瀹茗[3]，与虎跑齐名。

---

1 谽谺：山石险峻貌。

2 遗世：抛下世俗烦恼，指隐居。

3 瀹茗：烹茶。

清　董邦达
《紫云洞诗意图》
故宫博物院藏

第一次认识紫云洞，是听说那里的菩萨很是灵验，本地人多往而拜之。我非信徒，但“山不在高，有仙则名”，佛道所居，多为胜景，遂起兴一游。

从黄龙洞逶迤上山，石板铺就的山径甚是宽阔，两侧有修竹古木杂花之属，目不暇接。偶尔，路旁有洞窈然，有泉泠然，引得人更往栖霞岭深处去。

直至岭巅，有门，匾曰“紫云洞”，落款为赵孟頫，想是旧字新匾。入门，是一小小庭院，有三五闲者围桌饮茶。过庭院，则见危崖斜峙，崖间有观音殿，香火不断。张岱称贾似道刻大士像于此，想来是由来已久了。观音殿旁，幽然还有洞天。涉石阶而下约二十余步，入一洞庭，能容五十余人。在洞内仰头，见危崖仿佛覆压下来，循之俯首，又见崖根斜插入山体深处，其下不知深几许。崖上多有前人题刻，大抵是赞叹此地奇观，如“洞天吟云”“天地精华”“冰壶玉鉴”等，唯有一题曰“半生若梦”，读之思之，令已过半生的我不禁感兴生之。

再往洞内去，有狭细小道，道旁乱石成堆，穿之，不久，眼前豁然，又是一处洞庭，较前庭更为开阔，亦是危崖倾盖，险状环生，幸有今人立了几根石柱为支撑。庭旁有泉，曰“七宝泉”，水色幽澈，比白沙泉更佳。又有西方三圣佛龛，有一女子跪拜于前，念念有词，向佛诉说自己的心事。洞尽，天光下泄，想来在此坐洞观天是最好不过的，崖壁上有“倚石看云”“云崖”“洞中窥天小如掌，洞中瞰云出如佛”，便是前人的有感而发了。

李白《梦游天姥吟留别》曰“列缺霹雳，丘峦崩摧。洞天石扉，

紫云洞“云根净土”题刻和“西方三圣”石像（老照片）

訇然中开”，观紫云洞，则知道是如何壮观了。宝石山至栖霞岭一带，生自火山，岩浆凝而为岩。岩间有火山灰，长年受雨水淘蚀，故而岩脚渐松。终有一日，岩体断裂，轰然崩摧，乱石如雨。倾倒的巨岩与乱石便任性地堆成了这里的洞穴。与西湖南山的喀斯特溶洞流水作用的精雕细琢相比，紫云洞粗犷、豪放，是不羁的艺术家的大手笔。

卷二　西湖西路

玉泉鱼跃（老照片　摄于 20 世纪 30 年代）

玉泉寺

玉泉寺为故净空院。南齐建元中，僧昙起说法于此，龙王来听，为之抚掌出泉，遂建龙王祠。晋天福三年，始建净空院于泉左。宋理宗书“玉泉净空院”额。祠前有池亩许，泉白如玉，水望澄明，渊无潜甲[1]。中有五色鱼百余尾，投以饼饵，则奋鬐鼓鬣[2]，攫夺盘旋，大有情致。泉底有孔，出气如橐籥[3]，是即神龙泉穴。又有细雨泉，晴天水面如雨点，不解其故。泉出可溉田四千亩。近者曰鲍家田，吴越王相鲍庆臣采地[4]也。万历二十八年，司礼孙东瀛于池畔改建大士楼居。春时，游人甚众，各携果饵到寺观鱼，喂饲之多，鱼皆餍饫[5]，较之放生池[6]，则侏儒饱欲死[7]矣。

---

1 渊无潜甲：水中没有隐藏的鱼鳖之属。

2 奋鬐鼓鬣：鼓动鱼鳍。鬐，鱼背鳍。鬣，鱼胸鳍。

3 橐籥：古代鼓风吹火的工具。橐，外箱。籥，送风管。

4 鲍庆臣：鲍君福，字庆臣，余姚（今浙江余姚）人，五代吴越国名臣，官至同平章事兼侍中。采地：古代卿大夫的封地。

5 餍饫：饱足。

6 放生池：指西湖，见《西湖中路·放生池》。

7 侏儒饱欲死：语出《汉书·东方朔列传》之“朱儒饱欲死，臣朔饥欲死”，喻小人得志而贤才受屈。此处指鱼饱足欲死。

杭州植物园是个好去处，在这里，人们不仅可赏兰菊之芳，亦有观鱼泉之乐。“玉泉鱼跃”便在一片花木掩映中，进入这小巧玲珑的园林，见游人最稠密处一定是玉泉池。一方绿水中，百余尾鱼逍遥游弋着，或青或金，或巨或细，最大者有一米多长，几乎怀疑是否成了精。好奇者往往以鱼食投喂，鱼们便一拥而上，抢食不已，不久便餍足而去。

如果回到四百余年前的张岱时代，观鱼之事，几乎一模一样。只不过那时，这里还属于玉泉寺。玉泉者，言泉之美，所谓“碧泉吐明珠，隐隐涵玉辉”（吾丘衍《过玉泉》）。春日里，络绎不绝的游人携带着果饵来此，观鱼饲鱼，而这些饱食终日的鱼，在张岱看来是“侏儒饱欲死”，幸福极了。再往前追溯，在南宋时，玉泉此处便已是“树头龙过家家雨，池面鱼游尾尾金”（董嗣杲《玉泉》）了。看来玉泉观鱼，大有渊源。

玉泉，传说起于听法的龙王抚掌，先有龙王祠，后有玉泉寺。大抵因攀了龙王亲戚，又应了我佛慈悲，鱼放生于泉池中者甚多，“玉泉鱼跃”也便成了一景。游人饲鱼，为鱼之乐，鱼类争食，为己之乐，两乐齐全，甚是适宜，庄周在此，恐怕也不容置疑。于是，这方小小泉池，正如其上方所悬摹董其昌题匾“鱼乐国”所云，真真成为鱼之极乐天堂，无须激流勇进，无须东觅西寻，张口便可得食，食饱便可优哉游哉。

无须问龙门路，此间乐，无忧矣。

集庆寺

九里松，唐刺史袁仁敬[1]植。松以达天竺，凡九里，左右各三行，每行相去八九尺，苍翠夹道，藤萝冒涂[2]，走其下者，人面皆绿。行里许，有集庆寺，乃宋理宗所爱阎妃功德院也。淳祐十一年建造。阎妃，鄞县人，以妖艳专宠后宫。寺额皆御书，巧丽冠于诸刹。经始时，望青采斫，勋旧不保，鞭笞追逮，扰及鸡豚。时有人书法堂鼓云："净慈灵隐三天竺，不及阎妃好面皮。"理宗深恨之，大索不得。此寺至今有理宗御容两轴。六陵既掘，冬青不生[3]，而帝之遗像竟托阎妃之面皮以存，何可轻诮[4]也。元季毁，明洪武二十七年重建。

---

1 袁仁敬：字道周，陈郡阳夏（今河南太康）人，唐代官员，唐玄宗开元年间（713—741）曾任杭州刺史。

2 冒涂：覆盖道路。

3 六陵：南宋高、孝、光、宁、理、度宗六位皇帝的陵墓。南宋灭亡后，江南释教都总统杨琏真伽等人盗掘了六陵，暴露帝后尸骨。冬青：唐珏、林景熙等人悄悄收敛帝后遗骨，并植冬青树以为记。

4 轻诮：轻薄地讥笑。

清《上天竺讲寺志·天竺山图》

杭州有许多条极美的路，有云栖竹径的绿竹猗猗，三台山路的枫华似锦，自然也少不了九里云松的翠盖如云。

从洪春桥至灵隐，九里长的路，两旁青松夹道，绿云荫蔽，行走其间，人面皆绿，心神如洗。松外还植槭树，树下栽有杜鹃，春时花放，秋来叶红，观之赏之，应接不暇。

集庆寺早已无闻，不过松间倒有家云松书舍，为金庸先生所建。寻一个清爽的夏日，行经长长的松径，见白墙乌檐的一方院落，从一小门信步而入，有长廊萦水，池鱼数尾珊珊可爱。再往前，楼阁俨然，壁间有书金庸武侠人物之世系者，可一览无遗。闲时，在书舍中静坐，见松影云移，读一卷书，做一场侠客的大梦，甚快甚快。

金庸先生崇尚所谓“侠之大者”，若比拟于树木，则松最有侠气。松立根深厚，秉志正直，于峭壁破岩，皆可安然处之，迎风而展，经霜而青，如侠士仁义且勇，行走江湖，威武不能屈其意，穷困不可夺其志。历来骚客写松之句甚多，我独爱卢纶的“松篁终茂盛，蓬艾自衰荣”（《和太常王卿立秋日即事》）。那是两种人生的对比，我等凡人在世事翻覆、大浪淘沙中，随波逐流，任凭岁月在自己身上行经，枯枯荣荣，而真的侠士，守得恒心常志，纵颠沛流离不改其衷，才能劫波历尽，沧海笑傲。

《新镌海内奇观·九里虬松》（明万历年间武林夷白堂刊本）

松影在书间落下，我想金庸于云松间结庐，恐怕有其深意吧。

九里松，从唐至今，史上多遭斧斫，明中后为一劫，张京元称其时“仅见一株两株”（《九里松小记》），20世纪初日据时又为一劫，几近荒芜。残破之后，春风起时，如今又亭亭如盖矣。

飞来峰（老照片）

飞来峰

飞来峰，棱层[1]剔透，嵌空玲珑，是米颠[2]袖中一块奇石。使有石癖者见之，必具袍笏下拜，不敢以称谓简亵，只以石丈呼之也。深恨杨髡[3]，遍体俱凿佛像，罗汉世尊，栉比皆是。如西子以花艳之肤，莹白之体，刺作台池鸟兽，乃以黔墨涂之也。奇格天成，妄遭锥凿，思之骨痛。翻恨其不匿影西方，轻出灵鹫[4]，受人戮辱；亦犹士君子生不逢时，不束身隐遁，以才华杰出，反受摧残，郭璞、祢衡[5]并受此惨矣。慧理一叹，谓其何事飞来，盖痛之也，亦惜之也。且杨髡沿溪所刻罗汉，皆貌己像，骑狮骑象，侍女皆裸体献花，不一而足。田公汝

1 棱层：崚嶒，形容山势险峻。

2 米颠：米芾，字元章，祖籍山西，生于襄阳（今湖北襄阳），北宋书法家、画家。其个性张狂，嗜奇石，人称“米颠”。

3 杨髡：对元代江南释教都总统杨琏真伽的蔑称。杨琏真伽时住飞来峰附近的永福寺，在飞来峰开凿梵式佛像多尊。

4 灵鹫：古印度摩揭陀国都王舍城外有一山名灵鹫山，为释迦牟尼说法处。

5 郭璞：字景纯，河东闻喜（今山西闻喜）人，晋代学者、文学家。王敦欲谋反，令其占卜，郭璞称必败，而被王敦所杀。祢衡：字正平，平原（今山东德州）人，三国文学家。因触怒曹操，被送至刘表处，又冒犯刘表，被送至黄祖处，终被黄祖所杀。

成[6]锥碎其一；余少年读书岣嵝，亦碎其一。闻杨髡当日住德藏寺，专发古冢，喜与僵尸淫媾。知寺后有来提举夫人与陆左丞化女，皆以色夭，用水银灌殓[7]。杨命发其冢。有僧真谛者，性骙戆[8]，为寺中樵汲[9]，闻之大怒，嗥呼诟谇[10]。主僧惧祸，锁禁之。及五鼓，杨髡起，趣众发掘，真谛逾垣而出，抽韦驮木杵奋击杨髡，裂其脑盖。从人救护，无不被伤。但见真谛于众中跳跃，每逾寻丈，若隼[11]撇虎腾，飞捷非人力可到。一时灯炬皆灭，耰锄畚插[12]都被段坏。杨髡大惧，谓是韦驮显圣，不敢往发，率众遽去，亦不敢问此僧也。洵为山灵吐气。

---

6 田汝成：字叔禾，钱塘（今浙江杭州）人。明代官员，罢官后归杭州，著有《西湖游览志》《西湖游览志余》。

7 水银灌殓：用水银灌注尸体后入殓，是古代保存尸体的一种方法。

8 骙戆：迂愚刚直。

9 樵汲：干打柴取水等杂役之人。

10 嗥呼诟谇：大声辱骂。

11 隼：一种猛禽。

12 耰：古代农具，用于平整田地。畚：古代农具，用于撮粮食、泥土等。插：同“锸”，古代农具，用于掘土。

飞来峰龙泓洞外石刻造像群

这座玲珑剔透的小山来自何处？千年来，恐怕有许多人在问。

与周围连绵起伏的灵隐群山相较，它显得那么格格不入。如果群山是浅黛描出的古典水墨画卷，它就是浓墨翻出的几笔狂草；如果群山是高士指尖流淌的古琴曲，它就是挑逗顽童的拨浪鼓声。它便是这样，毫无顾忌，恣意烂漫，为洞为窍，若刻若镂，象龙象虎，类猿类猱。

怪不得自天竺来到中土的慧理会对此山一见如故，称其为飞来的灵鹫山小岭，并于此开伽蓝，渐次将远来的菩提之树，栽种于这方陌生的水土。

自然，在现代地质学面前，飞来峰早已无甚神秘。地质学家会翻开厚厚的石头大书，向我们讲述那些沧海桑田的变迁，石灰岩是如何在平静的海湾底沉积而成，地壳作用是如何将海底隆起为山峦，流水又是如何剥蚀掉大部分山体的石灰岩，而独放过这山坳一隅，使得在一片砂岩质群山中，石灰岩质的它是那么卓荦不群。

知道了飞来峰的来由，不过，我还是更喜欢那个传说：它是异域飞来的。

去飞来峰，一定要避开如浪人群，在理公塔那儿就左拐快走，很快，古藤芳草就隔开了外界喧嚣，这片飞来洞天全然为我所享了。

这是石头的国度，大面积石灰岩堆积于此，千万年来被流水消磨成各种深邃的洞穴，有玉乳洞、青林洞、龙泓洞、呼猿洞之属。因慧理所建灵鹫寺便在青林洞前，洞内外的石壁上，自五代起，佛教徒们在此斧凿不绝，创造出江南地区最大的一片摩崖造像。飞来峰有造像三百三十尊，说法的佛，侍立的菩萨，沉思的罗汉，一尊尊注目过去，看那些慈眉，抑或怒目，如同观一幅幅佛界众相。

在众佛众菩萨中，我在寻找那几位比丘的身影。

龙泓洞前，有一组浮雕，像不盈尺，隐约有人有马，但已残缺，在飞来峰造像中，它们是不起眼的。像旁有题刻，虽多漫漶，仍可约略识读。从左起，先有一人一马，题刻曰“葱岭”“使命”，再有二比丘，着梵装，带头光，题刻曰“摄摩腾”“竺法兰三藏”。其右，有二马，马背上分别驮着莲台和经书，三人牵马踽踽而行，前一人登高引路，其旁题刻，一为“从人”，一为“朱八戒”。再右，为一汉装比丘像，面如满月，题刻为“唐三藏玄奘法师”。由此可知，这组浮雕表现的是将佛教东传中土的诸位高僧的事迹。摄摩腾、竺法兰，以白马驮经，

飞来峰造像之“白马驮经”“朱士行取经”浮雕（北宋）

涉葱岭而来，至洛阳，开中土佛教祖庭。朱八戒，有学者疑当为“朱士行”，为中土西行取经第一人，后由其弟子将经书带回国中。唐三藏，更不用说，他的取经故事早已家喻户晓。在满壁佛像中，信徒们为这几位舍身求法的比丘留下了位置，因为他们，佛陀的智慧才能在万里之外，照耀人心。

除江南常见的汉式佛教造像外，飞来峰上还有诸多梵式佛像，乃藏传佛教一脉所承。至于它们，始作俑者便是元代江淮释教都总统杨琏真伽。他曾于距此不远的永福寺坐镇，并在飞来峰上凿佛像数尊，甚至，还将自己的像也留在了这里。今飞来峰第七十三龛中，中间有一胖大和尚，便是他本尊，两侧还有弟子侍立。杨琏真伽名声着实不好，他将南宋皇陵盗掘一空，甚至将帝后们的遗骸与牛马骼骨一起埋葬，还上建一塔曰“镇南”，这些行径，深深刺痛了汉人的心。故明代时，杨琏真伽像成为人们泄愤的对象。杭州知府陈仕贤便曾经主持过对杨琏真伽像的宣判，并下令斩下其头，令其身首异处。

张岱亦曾为此。据其《岣嵝山房小记》称，一日他缘溪走看佛像，见“一波斯胡坐龙像，蛮女四五献花果，皆裸形”。大概因之前冯梦桢《快雪堂漫录》记“杨髡像前作天女献供，并酒缸内置一杓”，与此处雕像甚似，于是，张岱便愤而“椎落其首，并碎诸蛮女，置溺溲处以报之”。不过前面陈仕贤已斩却杨琏真伽像头，张岱椎落的又是谁人？今人考，张岱所椎应为飞来峰第九十一龛的密理瓦巴像，为印度八十四大成就者中的瑜伽行者。该像为裸身凸腹，踞坐石台上，前有二女子供奉，与张岱所见同。此像如今残破，有椎凿痕迹，看来是为杨琏真伽像当了替罪羊了。

宋室江山的沦丧，番僧胡人的狂妄，张岱当年的殷殷恨意，已被时间淡去。坐落在山间崖上的石像们，无论是五代的，还是宋的，还是元的，无论着汉家衣冠，还是裸身赤体，无非是石像，无非是周行宇宙的真理在石头上的偶然投影。无知如我，大可一并赏之观之，无复有家国之思了。

但是我理解张岱，理解他凿下的铁锥。处境外的释然不应去谴责处境内的执着。于张岱而言，他不可能不执着，家国的痛楚，无所逃于天地间，少年的张岱椎碎了石像，老年的张岱痛彻了心扉。

鸟去鸟来，人歌人哭。世事变幻，莫衷一是。

奇怪，这飞来的小岭，却不曾飞去。

飞来峰造像之杨琏真伽和闽僧文、剡僧泽像(元代)　当年曾被陈仕贤所砸，其头部有被砸后重新修复的痕迹

飞来峰造像之密理瓦巴和两仕女像（元代）　当年被张岱误以为杨琏真伽像而破坏，砸得伤痕累累，残缺不全

冷泉亭

冷泉亭在灵隐寺山门之左。丹垣绿树，翳映[1]阴森。亭对峭壁，一泓泠然，凄清入耳。亭后西栗[2]十余株，大皆合抱，冷飔暗樾[3]，遍体清凉。秋初栗熟，大若樱桃，破苞食之，色如蜜珀，香若莲房。天启甲子，余读书岣嵝山房，寺僧取作清供[4]。余谓鸡头[5]实无其松脆，鲜胡桃逊其甘芳也。夏月乘凉，移枕簟就亭中卧月，涧流淙淙，丝竹并作。张公亮[6]听此水声，吟林丹山[7]诗："流出西湖载歌舞，回头不似在山时。"言此水声带金石，已先作歌舞声矣，不入西湖安入乎！余尝谓住西湖之人，无人不带歌舞，无山不

---

1 翳映：掩映。

2 西栗：又名娑罗树、七叶树、猴板栗等。相传释迦牟尼于娑罗树下涅槃，此树遂为佛家所珍。至今灵隐寺仍有两株古娑罗树，据传为慧理携来树种栽成。

3 飔：清凉的风。樾：树荫。

4 清供：清雅的供品。

5 鸡头：即鸡头米，又名芡实米、鸡头莲等，为睡莲科植物芡的种仁，可食用入药。

6 张公亮：张明弼，字公亮，金坛（今江苏金坛）人，明末文学家，复社社员。

7 林丹山：林稹，号丹山，长洲（今江苏苏州）人，宋代诗人。

冷泉雪景（老照片）

带歌舞，无水不带歌舞，脂粉纨绮[8]，即村妇山僧，亦所不免。因忆眉公之言曰："西湖有名山，无处士；有古刹，无高僧；有红粉，无佳人；有花朝，无月夕。"曹娥雪亦有诗嘲之曰："烧鹅羊肉石灰汤，先到湖心次岳王。斜日未曛客未醉，齐抛明月进钱塘。"余在西湖，多在湖船作寓，夜夜见湖上之月，而今又避嚣灵隐，夜坐冷泉亭，又夜夜对山间之月，何福消受。余故谓西湖幽赏，无过东坡，亦未免遇夜入城。而深山清寂，皓月空明，枕石漱流，卧醒花影，除林和靖、李岣嵝[9]之外，亦不见有多人矣。即慧理、宾王，亦不许其同在卧次。

8　脂粉：美女。纨绮：少年。

9　李岣嵝：李茇，号响侠，武林（今浙江杭州）人，明末人，住灵隐韬光山下，造岣嵝山房，故称。

冷泉猿嘯　冷泉即石門澗之源一名靈隱浦漢志所稱武林山出武林水是也在雲林寺前環飛來峯峯上有呼猿洞六朝時有僧智一善嘯嘗畜猿山中臨澗長嘯聲振林木則衆猿畢集人稱猿父故峯下至今多猿時聞嘯聲舊傳冷泉深廣可通舟楫唐刺史元䕫作亭水中故白居易記云可濯足於牀下可垂釣於枕上宋郡守毛友以水中作亭如鏡中加繪畫因拆去之改建岸上嘗有詩云試尋檐響驚時換却聽猿聲與舊同蓋紀實也

泉北即古靈隱寺

國朝康熙間改名雲林重修冷泉亭乾隆十六年三月

聖駕臨幸

御題冷泉亭子詩

不礙靜中喧看取動時定小坐忘萬緣湛然滿清聽

清《西湖志卷三·冷泉猿嘯》

当年，我临近毕业，前途茫茫，何去何从，颇有所疑。心烦虑乱时，便抓起一本《千家诗》为自己一占，却翻出一首宋代林稹的《冷泉亭》来：“一泓清可沁诗脾，冷暖年来只自知。流出西湖载歌舞，回头不似在山时。”读此诗时，心头颇似遭禅师棒喝一般，“冷泉亭”从此于我有了别样的意味。

冷泉亭，以居于冷泉而名之。泉初从莲花峰麓而下，还带着初出茅庐少年般的纯粹劲儿和不与世道妥协的高冷范儿，因而名之曰“冷”。在白居易、苏轼乃至张岱时代，“冷泉”就是这么冷，因而能涤尽俗虑，沁人心脾。白居易所谓“眼耳之尘，心舌之垢，不待盥涤，见辄除去”(《冷泉亭记》)，苏轼所谓“能与冷泉作主一百日，不用二十四考书中书”(《灵隐前一首赠唐林夫》)，张岱所谓“深山清寂，皓月空明，枕石漱流，卧醒花影”，可见冷泉在他们心目中非止一泓泉水，亦是未染尘埃的清净地、隐修场，可洗心，可纵意，可天真活泼，这样的冷泉是多么的可爱。

可是，冷泉逶迤而去，出了山林，流入西湖，便映了桃红柳绿，载上画舫龙舟，学会了那浓妆艳抹、曲意逢迎，已然一团和气、满面春风，再无“冷”可言了。痛惜乎？仿佛郝隆讽谢安，处则为远志，出则为小草。和光同尘，或许是宿命。

至少，白居易、苏轼和张岱还有一个清澈甘洌、高冷纯粹的冷泉，在西湖的暖风熏醉后，还能入山来泉边，饮一口清风，抱二分明月。只是如今的人们已无此幸了。

如今的冷泉亭还在，是一座重檐攒顶四方亭子，坐落在冷泉边，

冷泉亭（老照片）

正迎着灵隐寺的门。冷泉亭石基已高出水面三四尺，游人已无法体会白居易时代“水与阶平”“濯足于床下”“垂钓于枕上”的快乐了。大抵离泉远了，冷泉亭也有点名不副实起来。来此休憩歇坐者络绎不绝，但少有看泉的，多是歇歇脚、喝点水、吃点干粮、等待进入灵隐寺或飞来峰的香客或游客，熙熙攘攘，热闹非凡，搅得冷泉一点不冷了。

浮沉多年，我已尘埃满面。偶尔到了冷泉亭，却也无洗心革面之想。张岱说亭后有西栗十余株，“栗熟，大若樱桃。破苞食之，色如蜜珀，香若莲房”，倒是让我食指大动，若能捡食数粒，岂不甚好？

灵隐寺

明季昭庆寺火，未几而灵隐寺火，未几而上天竺又火，三大寺相继而毁。是时唯具德和尚[1]为灵隐住持，不数年，而灵隐早成。盖灵隐自晋咸和元年，僧慧理建，山门匾曰“景胜觉场”，相传葛洪所书。寺有石塔四，钱武肃王所建。宋景德四年，改景德灵隐禅寺，元至正三年毁。明洪武初再建，改灵隐寺。宣德七年，僧昙赞建山门，良玠建大殿。殿中有拜石，长丈余，有花卉鳞甲之文，工巧如画。正统十一年，玹理建直指堂，堂额为张即之[2]所书，隆庆三年毁。万历十二年，僧如通重建；二十八年，司礼监孙隆重修，至崇祯十三年又毁。具和尚查如通旧籍，所费八万，今计工料当倍之。具和尚惨淡经营，咄嗟立办[3]。其因缘之大，恐莲池金粟[4]所不能逮也。具和尚为余族弟，丁酉岁，余往

1 具德和尚：俗姓张，名弘礼，为张岱族弟，会稽（今浙江绍兴）人。于普陀寺出家，曾为灵隐寺住持。

2 张即之：字温夫，历阳（今安徽和县）人，宋代书法家。

3 咄嗟立办：办理非常迅速及时。咄嗟，霎时。

4 莲池：沈祩宏，号莲池，云栖寺住持，明代高僧。金粟：金粟如来的简称，传为维摩诘居士的前身。

候之，则大殿、方丈尚未起工，然东边一带，闭阁精蓝[5]，凡九进，客房僧舍百什余间，棐几[6]藤床，铺陈器皿，皆不移而具。香积厨中，初铸三大铜锅，锅中煮米三担，可食千人。具和尚指锅示余曰："此弟十余年来所挣家计也。"饭僧之众，亦诸刹所无。午间方陪余斋，见有沙弥持赫蹄[7]送看，不知何事，第对沙弥曰："命库头开仓。"沙弥去。及余饭后出寺门，见有千余人蜂拥而来，肩上担米，顷刻上廪，斗斛无声，忽然竟去。余问和尚，和尚曰："此丹阳施主某，岁致米五百担，水脚挑钱[8]，纤悉自备，不许饮常住[9]勺水，七年于此矣。"余为嗟叹。因问大殿何时可成，和尚对以："明年六月，为弟六十，法子万人，人馈十金，可得十万，则吾事济矣。"逾三年而大殿、方丈俱落成焉。余作诗以记其盛。

5 精蓝：佛寺。精，精舍；蓝，阿兰若。

6 棐几：榧木所制的案几。

7 赫蹄：纸的别称。

8 水脚挑钱：船夫、挑夫的佣钱。

9 常住：常备供僧伽受用之物。

明　孙枝《西湖纪胜图·灵隐寺》　宁波天一阁博物馆藏

北京人说“先有潭柘寺，后有北京城”，这句话对于灵隐寺和杭州城的关系也是合适的，灵隐寺始建于东晋咸和元年（326），这个时候，西湖刚脱离海的怀抱不到三百年，现在杭州城区所在处尚是海退后的沙地，筑城还是两百多年后隋朝的事情，而飞来峰旁已响起了梵钟声。

此后的一千六百余年，灵隐寺几番沧桑：它目睹了“南朝四百八十寺”的勃兴，也经历过“会昌法难”的浩劫；它曾在吴越国时达到鼎盛，有九楼、十八阁、七十二殿，房舍一千三百间，僧众三千；宋时，

慈视众生说妙法（灵隐寺大殿释迦牟尼佛像）

在帝王的资助下，它延续其盛况，苏轼云其“高堂会食罗千夫，撞钟击鼓喧朝晡”（《留题灵隐寺方丈》）；元明时期，时毁时建，张岱所目睹的便是其中一次，此时的灵隐寺因火而毁，只大殿、直指堂幸存，衰败之下，一度“苔寮藓壁”（龚鼎孳《豁堂禅师道行碑》），而具德和尚筚路蓝缕，苦心经营，终于使灵隐寺恢复大观，为此，张岱还作诗为贺；清代又是灵隐寺的一个黄金时代，康熙玄烨三至灵隐，乾隆弘历六至灵隐，德风之下，朝廷发帑金，各方慷慨捐赠，灵隐寺几度修缮，轮奂聿新，为东南梵刹之冠。

灵隐寺虽有兴衰，但比起杭州城内的天翻地覆，它稳定多了。毕竟，佛法东传两千多年，信众无数，就算是非信徒，多少也有敬畏之心，于梵宇佛堂，不敢造次。恐怕是出于这个考虑，嘉庆十四年（1809），时任浙江巡抚的阮元在灵隐寺中办了“灵隐书藏”。

阮元，是个高官，也是学者，更是个爱书人，其一生整理、刊刻、收藏书籍无数。但是书籍是脆弱的，不但怕火怕水，更怕乱世中的兵燹匪灾，而山林古寺却是藏书佳处，阮元在《杭州灵隐书藏记》中提道：“史迁之书，藏之名山，副在京师；白少傅分藏其集于东林诸寺；孙洙得《古文苑》于佛龛：皆因宽闲远僻之地可传久也。”因此，为了图书流传久远，他选择了灵隐寺。

阮元在灵隐寺中造了数个大木橱，以唐诗“鹫岭郁岧峣”编号，选灵隐寺两位僧人负责记录管理，送书入藏者，会收到凭证，入藏的书籍上盖“灵隐书藏”钤印，并挂上绵纸签，以便检索查询，整套藏书系统严谨规范。

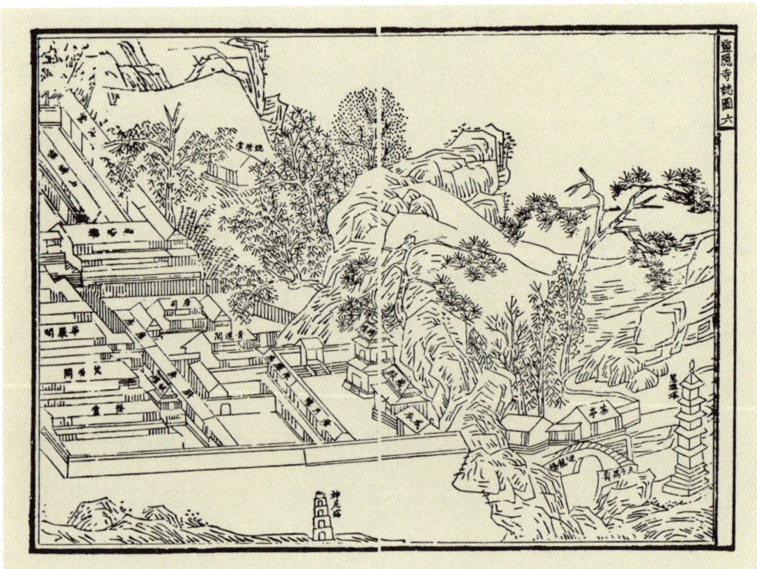

清《武林灵隐寺志·灵隐寺志图六》

灵隐书藏创立后，一时风靡，许多文人学者也捐出自己的著作入藏。渐渐，灵隐书藏收藏渐富，其中不乏名家著述手迹。人们都希望，在佛光的庇佑下，这些凝聚了智慧的书籍得以保存久远，泽被后世。

谁知才半个世纪后，咸丰十一年（1861），太平军攻陷杭州，拜上帝而不信佛陀的太平军摧毁灵隐寺，书藏也随之荡为灰烬。

诸法无常，恐怕难如人愿。

北高峰

北高峰在灵隐寺后，石磴数百级，曲折三十六湾。上有华光庙，以祀五圣。山半有马明王庙，春日祈蚕者咸往焉。峰顶浮屠七级，唐天宝中建，会昌[1]中毁，钱武肃王修复之，宋咸淳七年复毁。此地群山屏绕，湖水镜涵，由上视下，歌舫渔舟，若鸥凫出没，烟波远而益微，仅觌其影。西望罗刹江[2]，若匹练新濯，遥接海色，茫茫无际。张公亮有句："江气白分海气合，吴山青尽越山来。"诗中有画。郡城正值江潮之间，委蛇曲折，左右映带，屋宇鳞次，竹木云蓊[3]，郁郁葱葱，凤舞龙盘，真有王气蓬勃。山麓有无着禅师塔。师名文喜，唐肃宗时人也，瘗[4]骨于此。韩侂胄取为葬地，启其塔，有陶龛焉。容色如生，发垂至肩，指爪盘屈绕身，舍利数百粒，三日不坏，竟荼毗[5]之。

---

1 会昌：唐武宗年号（841—846），唐武宗曾发起灭佛运动，破寺毁像，史称"会昌法难"。

2 罗刹江：钱塘江的别名，因风涛险恶，故有此称。

3 云蓊：草木繁茂如云。

4 瘗：埋葬。

5 荼毗：佛家指火葬。

北高峰（老照片　摄于 20 世纪 30 年代）

如今上北高峰甚是容易，早有缆车可直通山顶。但是要体会趣味，还是应该像张岱当年那样，登“石磴数百级，曲折三十六湾”方可。

从灵隐寺往上，经永福寺、韬光寺，便入山林中。夏时，林木葱郁，人在绿影中优游，但见“深萝难透日，乔木更含风”（方干《夏日登灵隐寺后峰》），起初甚是惬意，但登了数百步后，渐渐有些气喘，腿也沉重起来。幸好北高峰名曰“高峰”，其实不高，喘几通，便可登顶，然后，襟怀清风，目望江湖，洗心滤意，连呼快哉!

不过每年农历正月初五，北高峰就被汹涌的人潮所淹没。这一日从凌晨起，就有来自全国各地的人汇聚于山脚，黑压压的一片，乘缆车或经山路，齐往山顶而去。这一日，他们要在山顶的“天下第一财神庙”中虔诚礼拜，以祈祷来年财运滚滚。

话说北高峰顶的这座庙，很是有来头，它名曰“灵顺寺”，和山下的灵隐寺一样，皆由高僧慧理于东晋咸和年间开山，是杭州佛寺的先驱。慧理自西印度来华，翻山涉海，周游万里，其经历不下于玄奘西行。在中土辗转多时，后来杭，见武林山小岭状若中天竺灵鹫山小岭，或许动了禅意，或许起了乡思，遂驻锡于此，连起五座“灵”字辈寺庙，曰灵鹫、灵隐、灵山、灵峰、灵顺，其余四寺皆在山谷中，独灵顺高踞北高峰上。云海四合，旭日朝彻，想灵顺寺的修行者日日对此高峰胜览，自然别有一番胸襟。

高峰之上，还有高塔。塔建于唐，吴越王重建，宋时可睹。时王安石游之，作诗云：“飞来峰上千寻塔，闻说鸡鸣见日升。不畏浮云遮望眼，自缘身在最高层。”其高蹈之姿，犹可想见。只是此塔后倾颓，今无睹。

至于一座佛寺如何成了财神庙的，却很有趣。起初是宋代江西婺源一带出了很受尊奉的五显神，人们建庙而祀，宋徽宗大观年间赐庙名“灵顺”。其后五显神信仰渐隆，南宋朝廷屡次加封王侯。于是，这当红的神仙自然要被请到皇城边开一道场。而北高峰灵顺寺恰好与五显神在江西老家的庙号同名。或许是这个缘故，五显神便被请至此，

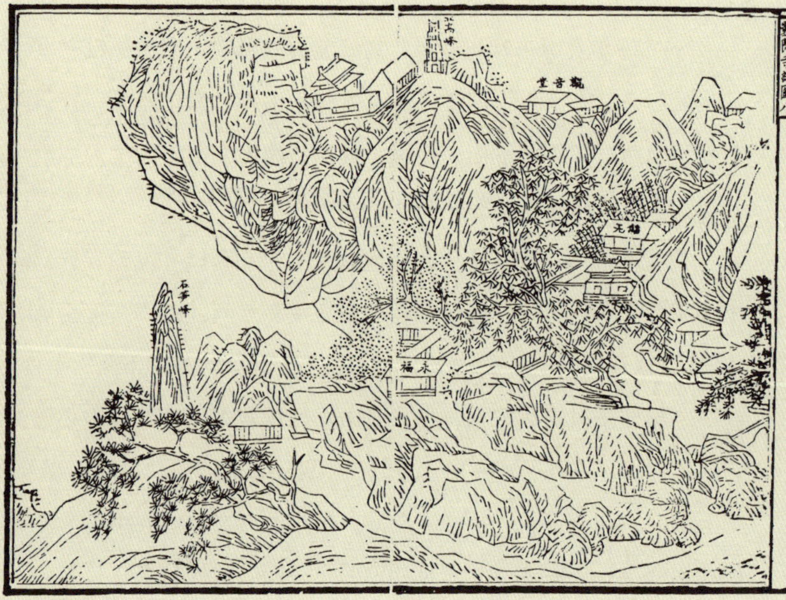

清《武林灵隐寺志·灵隐寺志图八》

在增建的华光殿中受供奉。五显神一开始只是地方保护神，信众广大后，其职能也发生变化，成了招财进宝的财神。天下熙熙，皆为利来，财神爷自然人见人爱。于是，这外来的神仙反客为主，香火旺盛，人们也渐渐地把北高峰灵顺寺当做了地地道道的财神庙了。

现在的财神庙里供奉的财神们则来路八方，各显神通，有文财神赵公明，有武财神关二爷，有来自藏传密宗的黄财神，连笑口常开的弥勒也手持着金元宝，客串下萌版财神。一尊尊财神菩萨，令善男信女们目不暇接，但一一拜过，求个财源广进呗。

韬光庵

韬光庵在灵隐寺右之半山，韬光禅师建。师，蜀人，唐太宗时，辞其师出游，师嘱之曰："遇天可留，逢巢即止。"师游灵隐山巢沟坞，值白乐天守郡，悟曰："吾师命之矣。"遂卓锡[1]焉。乐天闻之，遂与为友，题其堂曰"法安"。内有金莲池、烹茗井，壁间有赵阅道[2]、苏子瞻题名。庵之右为吕纯阳[3]殿，万历十二年建，参政郭子章[4]为之记。骆宾王亡命为僧，匿迹寺中。宋之问[5]自谪所还至江南，偶宿于此。夜月极明，之问在长廊索句，吟曰："鹫岭郁岧峣[6]，龙宫锁寂寥。"后句未属，思索良苦。有老僧点长明灯，问曰："少年夜不寐，而吟讽甚苦，何耶？"之问曰："适欲题此寺，得上联而下句不属。"僧请吟上句，宋诵之。老僧曰："何

1 卓锡：植立锡杖。僧人云游时持锡杖，若卓锡某地，意指在此驻留。

2 赵阅道：赵抃，字阅道，衢州西安（今浙江衢州）人，北宋名臣，官至参知政事，人称"铁面御史"，曾知杭州。

3 吕纯阳：吕岩，字洞宾，号纯阳子，河东蒲州（今山西芮城）人，唐代道教全真派祖师，民间称为"八仙"之一。

4 郭子章：字相奎，江西泰和（今江西泰和）人，明代官员，官至兵部尚书。

5 宋之问：字延清，虢州弘农（今河南灵宝）人，唐代诗人。

6 岧峣：高峻。

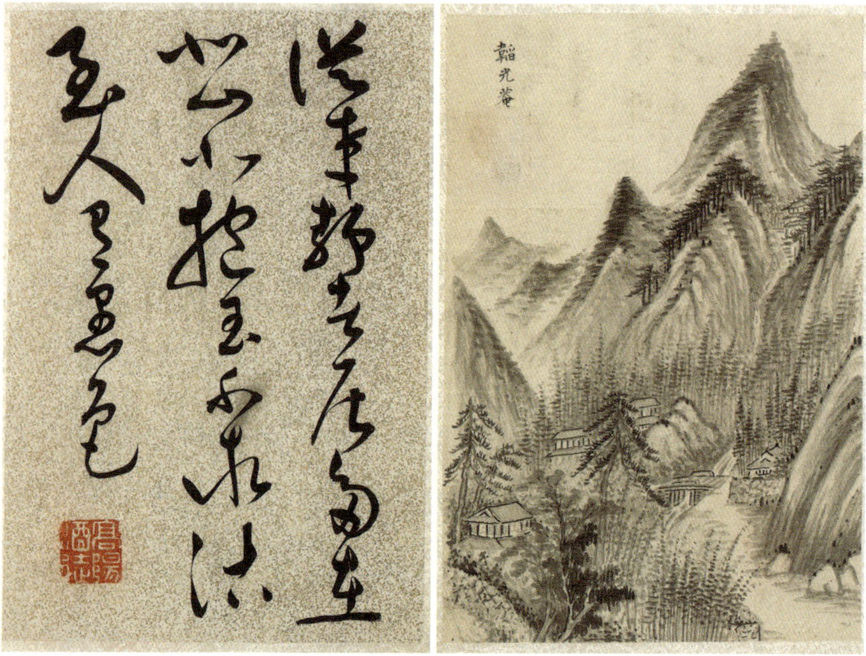

明　卞文瑜《西子眉·韬光庵》　故宫博物院藏

不云‘楼观沧海日，门对浙江潮’？”之问愕然，讶其遒丽[7]，遂续终篇。迟明[8]访之，老僧不复见矣。有知者曰：“此骆宾王也。”

7　遒丽：遒劲、清丽。

8　迟明：待到天亮时。

古来寻韬光庵者，不少人是因一句诗之妙，而践其处，求其景。

至灵隐山，山岭岧峣，嘉树郁郁，悠悠然仿佛世外。美则美矣，尤未尽善。非要出灵隐后，循着淙淙山泉之音，盘曲而上，至韬光庵，登阁远眺，望尽天涯，直至沧海之滨，时日出磅礴，东方朝彻，又见钱江潮涌一线，奔腾而去，才不禁击节赞叹，真道是“楼观沧海日，门对浙江潮”啊！袁宏道如此，萧士玮亦如此。

宋之问的《灵隐寺》一诗，是咏灵隐山的名篇，曰：

鹫岭郁岧峣，龙宫锁寂寥。
楼观沧海日，门对浙江潮。
桂子月中落，天香云外飘。
扪萝登塔远，刳木取泉遥。
霜薄花更发，冰轻叶未凋。
夙龄尚遐异，搜对涤烦嚣。
待入天台路，看余度石桥。

全诗齐整精巧，错落有致，有鹫岭、龙宫之全貌，亦有霜花、冰叶之细节，有扪萝、刳木之行为，亦有桂子、天香之嗅感，实写灵隐眼前之景，虚叙天台心中之象，可谓巨细兼顾、虚实相协，作为一首写景诗，在技巧上已是无可指摘了。

可历代诗家于全篇中单单注目于“楼观沧海日，门对浙江潮”一句。确实，这句在此诗中如孤鹤傲立。其余篇章，纵然精美，犹是凡夫之语，

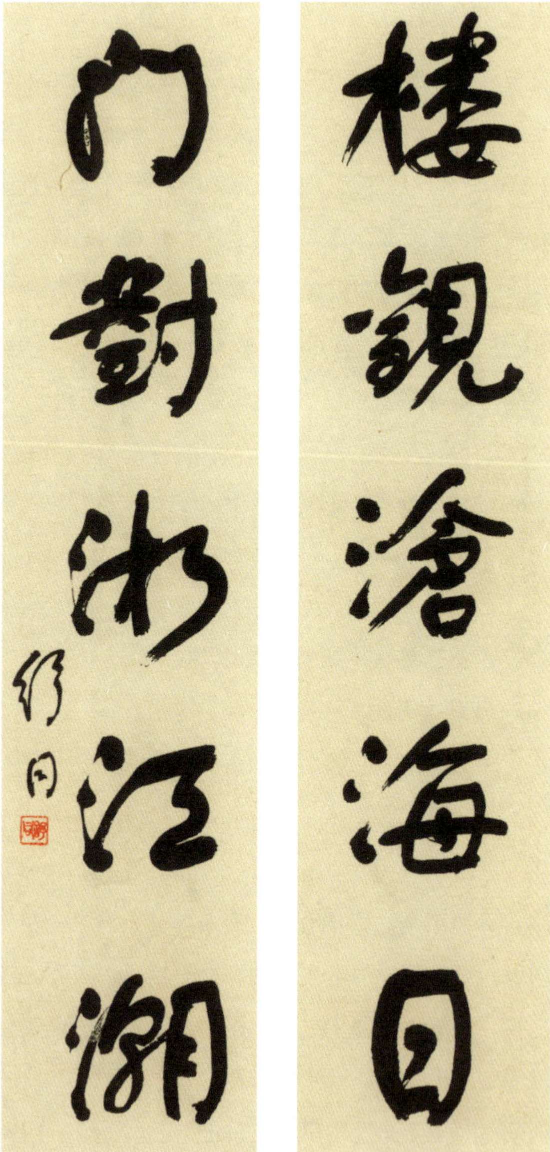

舒同书联　“楼观沧海日，门对浙江潮”

细声细气；而此句，则如壮士一啸，视界豁然开阔，心魂也随之高翔，真是不同凡响之语。

大概是此句气象高远，在此诗中显得突兀，于是，人们觉得这句诗并非宋之问所作。尤其观宋之履历人品，非有此丈夫气概者，加之他又有占他人佳句为己有的前科，更让人怀疑，这句诗的作者另有其人。

那么，会是谁呢？

于是，世上就流传了张岱告诉我们的这个故事：宋之问于灵隐寺中苦吟不得，有老僧提点，告以此句，宋之问再续出终篇。而这位神龙见首不见尾的老僧，就是消失于江湖久矣的骆宾王。

骆宾王为初唐四杰之一，一篇《讨武曌檄》，令武则天也赞叹其才之浩荡。徐敬业兵败后，他下落不明。孟棨《本事诗》的说法是："当敬业之败，与宾王俱逃，捕之不获。将帅虑失大魁，得不测罪。时死者数万人，因求戮类二人者，函首以献。后虽知不死，不敢捕送。故敬业得为衡山僧，年九十余乃卒。宾王亦落发，遍游名山。至灵隐，以周岁卒。"这里说到骆宾王可能入灵隐为僧，不过周年后即去世了，但以其获罪身份和飘逸性格，此处的死亡也不能确信，或许他又游方他处，只是蝉蜕此间，亦未可知。

在骆宾王匿迹二十五年后，宋之问因贪贿被贬官，途径灵隐。于是，在那个奇幻的夜里，他与一位老僧相逢了。

若骆宾王还在世，那时他应年近九旬；若他已仙逝，那夜的清吟，梦耶，魂耶？今日的我，再次扪萝登山，入韬光寺，于高阁上远眺。只是沧桑之后，极目难望沧海，只有城市的喧嚣，延绵至天际。

岣嵝山房

李茇[1]号岣嵝，武林人，住灵隐韬光山下。造山房数楹[2]，尽驾回溪绝壑之上。溪声淙淙出阁下，高厓插天，古木蓊蔚，大有幽致。山人居此，孑然一身，好诗，与天池徐渭友善。客至，则呼僮驾小舫，荡桨于西泠、断桥之间，笑咏竟日。以山石自磥生圹[3]，死即埋之。所著有《岣嵝山人诗集》四卷。天启甲子，余与赵介臣、陈章侯、颜叙伯、卓珂月[4]、余弟平子，读书其中。主僧自超，园蔬山蔌，淡薄凄清，但恨名利之心未净，未免唐突[5]山灵，至今犹有愧色。

---

1 李茇：见《冷泉亭》篇“李岣嵝”条。

2 数楹：数间。

3 生圹：生前所营建的坟墓。

4 卓珂月：卓人月，字珂月，仁和（今浙江杭州）人。明末诗人。

5 唐突：冒犯。

青莲山房

青莲山房，为涵所包公[1]之别墅也。山房多修竹古梅，倚莲花峰，跨曲涧，深岩峭壁，掩映林麓间。公有泉石之癖，日涉成趣，台榭之美，冠绝一时。外以石屑砌坛，柴根编户，富贵之中，又着草野。政如小李将军作丹青界画[2]，楼台细画，虽竹篱茆舍，无非金碧辉煌也。曲房密室，皆储偫[3]美人，行其中者，至今犹有香艳。当时皆珠翠团簇，锦绣堆成。一室之中，宛转曲折，环绕盘旋，不能即出。主人于此，精思巧构，大类迷楼[4]。而后人欲如包公之声伎满前，则亦两浙荐绅[5]先生所绝无者也。今虽数易其主，而过其门者，必曰“包氏北庄”。

1　涵所包公：包应登，字涵所，其在雷峰塔下颌飞来峰下皆有别墅，事见《包衙庄》篇。

2　小李将军：李昭道，字希俊，秦安（今甘肃天水）人。唐代画家李思训之子，亦为著名画家，父子并称大小李将军。界画：中国绘画的一个门类。因作画时使用界尺引线，故名界画。

3　储偫：储备。

4　迷楼：隋炀帝时（604—617）曾于扬州建迷楼，因内部宛转回环，故称之“迷楼”。

5　荐绅：缙绅。

呼猿洞

呼猿洞在武林山。晋慧理禅师，常畜黑白二猿，每于灵隐寺月明长啸，二猿隔岫[1]应之，其声清皦[2]。后六朝宋时，有僧智一，仿旧迹而畜数猿于山，临涧长啸，则群猿毕集，谓之猿父。好事者施食以斋之，因建饭猿堂。今黑白二猿尚在，有高僧住持，则或见黑猿，或见白猿。具德和尚到山间，则黑白皆见，余于方丈作一对送之："生公[3]说法，雨堕天花，莫论飞去飞来，顽皮石也会点头；慧理参禅，月明长啸，不问是黑是白，野心猿都能答应。"具和尚在灵隐，声名大著。后以径山佛地，谓历代祖师多出于此，徙住径山。事多格迕[4]，为时无几，遂致涅盘。方知盛名难居，虽在缁流，亦不可多取。

1　岫：山洞。

2　清皦：清晰响亮。

3　生公：竺道生，巨鹿（今河北）人，梁代高僧。据传曾在苏州虎丘寺说法，石皆点头。

4　格迕：遭到阻隔，不得遂意。

三生石

三生石在下天竺寺后。东坡《圆泽传》曰：洛师惠林寺，故光禄卿李憕[1]居第。禄山陷东都，憕以居守死之。子源，少时以贵游子豪侈善歌闻于时。及憕死，悲愤自誓，不仕、不娶、不食肉，居寺中五十余年。寺有僧圆泽，富而知音。源与之游，甚密，促膝交语竟日，人莫能测。一日相约游蜀青城、峨嵋山，源欲自荆州溯峡[2]，泽欲取长安斜谷路。源不可，曰："吾以绝世事，岂可复到京师哉！"泽默然久之，曰："行止固不由人。"遂自荆州路。舟次南浦，见妇人锦裆负罂[3]而汲者，泽望而叹曰："吾不欲由此者，为是也。"源惊问之。泽曰："妇人姓王氏，吾当为之子。孕三岁矣，吾不来，故不得乳[4]。今既见，无可逃者。公当以符咒助吾速生。三日浴儿时，愿公临我，以笑为信。后十三年中秋月夜，杭州天竺寺外，当与公相见。"源悲悔，而为具沐浴易服。至暮，泽亡而妇乳。三日，往观之，儿

1　李憕：并州文水（今山西文水）人，唐代官员，官至礼部尚书，安禄山攻陷长安时遇害。

2　溯峡：逆水沿三峡而上。

3　裆：背心状的衣服。罂：小口大腹的水罐。

4　乳：生下孩子。

清《西湖佳话古今遗迹·三生石迹》

见源果笑。具以语王氏，出家财葬泽山下。

源遂不果行。返寺中，问其徒，则既有治命[5]矣。后十三年，自洛还吴，赴其约。至所约，闻葛洪川畔有牧童扣角而歌之曰："三生石上旧精魂，赏月吟风不要论。惭愧情人远相访，此身虽异性长存。"呼问："泽公健否？"答曰："李公真信士，然俗缘未尽，慎弗相近，惟勤修不堕，乃复相见。"又歌曰："身前身后事茫茫，欲话因缘恐断肠。吴越山川寻已遍，却回烟棹上瞿唐[6]。"遂去，不知所之。后二年，李德裕[7]奏源忠臣子，笃孝，拜谏议大夫。不就，竟死寺中，年八十一。

5 治命：人死前神智清醒时的遗嘱。

6 瞿唐：瞿唐峡，长江三峡之一。

7 李德裕：字文饶，赵郡赞皇（今河北赞皇）人，唐代名相。

在一个暖阳煦煦的冬日，我去寻找三生石。

缘天竺路行，一路有潺湲的泉、摇曳的竹，有身着染衣、步履从容的法师。比起灵隐的喧嚷，天竺才更贴近我心目中的禅林气象。风中隐约飘来梵唱，前方那座庄严寺院，就是下天竺法镜寺了。

沿着法镜寺的西墙前行，至尽头，则为一山，有石阶小径引人而上。小径许是人迹稀少，时有粗大如蟒的巨藤拖曳而下，横贯而过，拦人去处。跨之越之，山回路转，前方赫然一片平地，右手边，忽有怪石叠起，这些怪石与飞来峰石一样，都是西湖群山在浅海时代所形成的石灰岩的遗存，石灰岩易受水侵蚀，故多有孔窍。没错，这群怪石就是大名鼎鼎的三生石了。

最前一块石上，民国时期的好事者已将李源与圆泽的故事铭刻其上，以示观者。其后一石，则勒有“三生石”篆字，并有巨藤萦绕盘回其上，在这个缘的故事的发生处，似乎别有深意。

缘，从丝。从丝者，是纠缠，是羁绊，往往剪不断理还乱，是我辈碌碌凡众无法挣脱的网罗。圆泽是出家人，了断凡念，不染尘缘；李源，国破父亡，发誓不仕、不娶、不食肉，也是一个弃绝者。两个孤独的人，竟然一见有缘，“促膝交语竟日，人莫能测”。这是灵魂的吸引，茫茫尘世，既见君子，云胡不喜。于是，为了这一段缘，圆泽宁愿再入轮回，三日相见而笑，十三年相约而歌，酬得知己，方放下此心。

这些石头，早已看遍生生灭灭了吧。四大聚合，六道轮回，看起来众生皆苦。走向涅槃的路太长，在七情六欲、受想行识的缠绕中，真有那么一刻，遇见了一位有缘人，停下来，与之盘桓，也很好。真

“三生石”题刻

个无情无义、心如古井，也是无趣得很。

就像这些石头边，有巨藤萦绕，有细草偎依，有小鸟嘤鸣，它们生命的某段彼此牵连，然后才深知，什么是因缘。

上天竺

上天竺，晋天福间，僧道翊结茅庵于此。一夕，见毫光[1]发于前涧，晚视之，得一奇木，刻画观音大士像。后汉乾祐间，有僧从勋自洛阳持古佛舍利来，置顶上，妙相庄严，端正殊好，昼放白光，士民崇信。钱武肃王常梦白衣人求葺[2]其居，寤而有感，遂建天竺观音看经院。宋咸平中，浙西久旱，郡守张去华[3]率僚属具幡幢[4]华盖，迎请下山，而澍雨[5]沾足。自是有祷辄应，而雨每滂薄不休，世传烂稻龙王焉。南渡时，施舍珍宝，有日月珠、鬼谷珠、猫睛等，虽大内亦所罕见。嘉祐中，沈文通[6]治郡，谓观音以声闻宣

1　毫光：如毫毛般四射的光线。

2　葺：修治。

3　张去华：字信臣，开封襄邑（今河南睢县）人，北宋文学家、官员，官至工部侍郎。

4　幡幢：佛家所用旗帜。幡，所垂长帛；幢，竿柱。

5　澍雨：及时雨。

6　沈文通：沈遘，字文通，钱唐（今浙江杭州）人，北宋官员，宋仁宗嘉祐年间（1056—1063）曾知杭州，官至翰林学士。

明　孙枝《西湖纪胜图·上天竺》　宁波天一阁博物馆藏

佛力，非禅那所居，乃以教易禅[7]，令僧元净[8]号辨才者主之。凿山筑室，几至万础。治平中，郡守蔡襄[9]奏赐“灵感观音”殿额。辨才乃益凿前山，辟地二十有五寻，殿加重檐。建炎四年，兀术[10]入临安，高宗航海。兀术至天竺，见观音像，喜之，乃载后车，与《大藏经》并徙而北。时有比丘知完者，率其徒以从。至燕，舍于都城之西南五里，曰玉河乡，建寺奉之。天竺僧乃重以他木刻肖前像，诡曰：“藏之井中，今方出现”，其实并非前像也。乾道三年，建十六观堂，七年，改院为寺，门扁皆御书。庆元三年，改天台教寺。元至元三年毁。五年，僧庆思重建，仍改天竺教寺。元末毁。明洪武初重建，万历二十七年重修。崇祯末年又毁，清初又建。时普陀路绝，天下进香者皆近就天竺，香火之盛，当甲东南。二月十九日，男女宿山之多，殿内外无下足处，与南海潮音寺正等。

---

7 以教易禅：将法喜寺从禅寺改为教寺。宋代后，中国佛寺分禅、律、教三派，禅宗寺院称禅寺，律宗寺院称律寺，天台宗、华严宗、净土宗、法相宗寺院称教寺。三种寺院各有修行侧重，大抵禅寺重禅修，律寺重持律，教寺重宣教。因法喜寺是观音道场，重在声闻教化，故将寺院性质作此改变。

8 元净：俗姓徐，字无象，於潜（今浙江临安）人，宋神宗赐辨才之号。宋代高僧，曾住持法喜寺。

9 蔡襄：字君谟，兴化仙游（今福建仙游）人，北宋官员，书法家，宋英宗治平年间（1064—1067）曾知杭州，官至端明殿学士。

10 兀术：完颜宗弼，金太祖第四子，为金军都元帅，曾率兵攻占杭州，迫使宋高宗入海避难。

去上天竺可由两条道：一条从灵隐起，步入天竺路，经下天竺、中天竺，一路溪声在耳，梵宇在望，而溪水尽处，便是上天竺；另一条从龙井起，于茶田青山间蜿蜒而下，至两山夹谷的平旷处，便是上天竺。沿溪或沿山，皆可到达，只是风景不同，心境不同罢了。

上天竺有法喜寺，为观音道场，虔诚的香客多来此焚香礼拜。除了香客，更有一等人会循迹而来，为的是品一品这里闻名遐迩的斋饭。

我在别处寺院也吃过斋，那时，众人皆在斋堂长桌前端坐下，每人面前一只碗，一副筷，负责分斋的义工提着饭桶，于长桌前依次将斋饭放入每人的碗中。待令下，众人方动筷，碗中物，不拘多少，皆要食用干净。其间，无人说话，斋堂肃穆得如同考场一般。

但在法喜寺吃斋，则气氛平和多了。约二三友，于午前来到寺院，似我等饕客，绕过大殿，直奔斋堂，在窗口买了斋饭券，便可持券去取斋，5 元一人，斋饭有米饭、蔬菜和汤，取后在斋堂中寻位子坐下，便开始食用，虽然只是素食，却别有清新味道，匆匆之间，饭碗即空，若未饱，还可以续取，直到吃饱为止，再自己将餐具拿到固定地方放下。

来法喜寺吃斋的，多半不是真的为了吃，而是作为凡人，想一窥方外人的生活。这一斋一饭中，有跳脱五味后的淡然，有剥离欲望后的质朴，于我等在红尘中翻覆的俗人，未必不是一次珍贵的品味。而庆幸的是，法喜寺并不因我之俗而拒我于门外。

法喜寺的亲切，还在于此处流通的法物，除了念珠、佛经一类的佛系法物，还有一众萌系周边，佛祖、观音、济公等皆以卡通面目出现，说着“我佛定拣喜欢你”“脱单天注定”“待靠会儿，且要子儿”，

上天竺法喜寺僧人过堂

佛教传到中原之后，形成了严格的过堂用餐仪轨，规定了碗筷摆放、食用和添饭加菜的步骤及方法，僧人吃饭前后需念诵《供养偈》和《结斋偈》

据说已成网红。

法喜寺外，上天竺还有一妙处，即杭州图书馆的佛学分馆。图书馆藏在民居和绿树之后，从天竺路来还需绕几个弯子，便可见它低调的牌匾。图书馆为一单体坡屋顶建筑，窗户透亮，绿竹水杉，映得满窗皆绿。馆内藏有佛教类书籍七千余册，从佛学典籍到修心小品，比比皆是，适合各阶段的读者阅读。

我想图书馆的老师是有心之人，馆内细节处皆可见惊喜，如书架上的以白瓷盖碗为盆的小小吊兰，可娱眼目，大案上铺开的四尺素宣，可戏翰墨。在这里读书半日，心灵便仿佛被洗过一般，再起身写几笔拙拙墨字，望几眼茁茁草木，怡然之乐，溢于心魂。

卷三　西湖中路

秦楼

秦楼初名水明楼，东坡建，常携朝云至此游览。壁上有三诗，为坡公手迹。过楼数百武[1]，为镜湖楼，白乐天建。宋时宦杭者：行春[2]，则集柳洲亭；竞渡，则集玉莲亭；登高，则集天然图画阁；看雪，则集孤山寺；寻常宴客，则集镜湖楼。兵燹[3]之后，其楼已废，变为民居。

---

1 武：半步，泛指脚步。

2 行春：春游。

3 兵燹：兵灾。

片石居

蘇昭庆缘湖而西，为餐香阁，今名片石居。閟阁[1]精庐，皆韵人[2]别墅。其临湖一带，则酒楼茶馆，轩爽[3]面湖，非惟心胸开涤，亦觉日月清朗。张谓“昼行不厌湖上山，夜坐不厌湖上月”，则尽之矣。再去则桃花港，其上为石函桥，唐刺史李邺侯所建。有水闸，泄湖水以入古荡，沿东西马塍、羊角埂，至归锦桥，凡四派焉。白乐天记云：“北有石函南有笕[4]，决湖水一寸，可溉田五十余顷。”闸下皆石骨磷磷[5]，出水甚急。

1　閟阁：清静幽邃的楼阁。

2　韵人：风雅韵致之士。

3　轩爽：高敞。

4　笕：引水竹管。

5　磷磷：水中石头突立的样子。

十锦塘

十锦塘，一名孙堤，在断桥下。司礼太监孙隆于万历十七年修筑。堤阔二丈，遍植桃柳，一如苏堤。岁月既多，树皆合抱。行其下者，枝叶扶苏[1]，漏下月光，碎如残雪。意向言断桥残雪，或言月影也。苏堤离城远，为清波孔道，行旅甚稀。孙堤直达西泠，车马游人，往来如织。兼以两湖光艳，十里荷香，如入山阴道上[2]，使人应接不暇。湖船小者，可入里湖，大者缘堤倚徙[3]，由锦带桥循至望湖亭，亭在十锦塘之尽。渐近孤山，湖面宽厂。孙东瀛修葺华丽，增筑露台，可风可月，兼可肆筵设席。笙歌剧戏，无日无之。今改作龙王堂，旁缀数楹，咽塞离披[4]，旧景尽失。再去，则孙太监生祠[5]，背山面湖，颇极壮丽。近为卢太监舍以供佛，改名卢舍庵，而以孙东瀛像置之佛龛之后。孙太监以数十万金钱装塑西湖，其功不在苏学士之下，乃使其遗像不得一见湖光山色，幽囚面壁，见之大为鲠闷[6]。

---

1 扶苏：枝叶茂盛，高低疏密有致。

2 山阴道上：《世说新语·言语》曰："从山阴道上行，山川自相映发，使人应接不暇。"指一路风光秀丽。

白堤春色（老照片）

3　徛徙：流连徘徊。

4　咽塞离披：断离散乱貌。

5　生祠：为活人立的祠堂。

6　鲠闷：郁闷。

今人游西湖，断桥、白堤一线是首选。李流芳所谓“时至西湖，从断桥一望，便魂消欲死”（《断桥春望图题词》），确实，这是西湖之美绝处，左顾烟波渺渺，右倚青山绵绵，前方白堤似锦绣玉带，一脉直至浓淡远山处。美若此，也难怪游人纷至沓来了。

最自在的春日应当是这样的，暖阳初照，骑着单车，从断桥上白堤，一路上柳丝袅袅，桃花夭夭，清风拂耳而过，心情清亮无比。随处停车，坐于长椅上，任一湖春色荡漾满目，如此半日浮生，不可谓虚度。

人人皆知西湖有“苏、白”二堤，亦知湖山功臣有“苏、白”二公。苏公修建了苏堤，想当然，白堤是否为白公所为？其实白公守杭时所修的“白公堤”早已湮灭，现在的白堤又名白沙堤，缘起甚早，《咸淳临安志》中引旧志云“不知所从始”，在白居易时，便已是湖山名胜。

清　王翚《白堤夜月图》　故宫博物院藏

白公有诗“最爱湖东行不足，绿杨荫里白沙堤”（《钱塘湖春行》），又曰“谁开湖寺西南路，草绿裙腰一道斜”（《杭州春望》），就是指它。如此名胜，翻遍张岱的《西湖梦寻》也不见“白堤”二字，何故？原来，《西湖梦寻》里的白堤有了更旖旎多彩的名字“十锦塘”，想此地桃红柳绿、渚清沙白，更兼士女出行，淡妆浓抹、靓装素裹的丽人比比皆是，有十般锦绣颜色，号曰十锦塘也是贴切。但是张岱又说，十锦塘一名孙堤。这“孙”是何人，竟然可以姓冠西湖之景，与苏、白、杨、阮诸公同等待遇？

这位孙公还真是西湖的大功臣。他不独修葺了白堤，使之冶艳明媚，比苏堤更胜一筹；还修缮了湖心亭，为西湖点睛一笔；他于伽蓝佛寺更多有功德，昭庆寺、净慈寺、灵隐寺、玉泉寺等翻新修葺皆有其劳。半个西湖留下了他的痕迹，如此人物，为何如今的我们竟然不识，孙堤之说也无人提起了？

论孙公身份，乃司礼太监、苏杭织造。或许只此一端，便可让今人不齿了。不独今人不齿，明人也不齿，孙太监生祠在其身后改为佛寺，其像则隐藏于佛龛后，不得见光。若论功过，孙公兼而有之，刘若愚在《酌中记》中评价其“从容儒雅，盖事办而民不扰，大得东南民心，至今思之未艾”，可见其人亦有可取处，而忽然讳莫如深，纵然放在明末阉党清流对抗的大背景下看，恐怕也是因人废事的极端做法了。

因此连张岱都为孙公鸣不平。张岱所游之处多念孙公的功劳，深知此公不俗，也是西湖的知音者，而使其遗像不得一见湖光山色，幽囚面壁，这种惩罚，对于一个西湖的真爱者来说，是不是不太厚道呢？

孤山

《水经注》曰：水黑曰卢，不流曰奴；山不连陵曰孤。梅花屿介于两湖之间，四面岩峦，一无所丽[1]，故曰孤也。是地水望澄明，皦焉冲照[2]，亭观绣峙，两湖反景[3]，若三山[4]之倒水下。山麓多梅，为林和靖放鹤之地。林逋隐居孤山，宋真宗征之不就，赐号和靖处士。常畜双鹤，豢之樊[5]中。逋每泛小艇，游湖中诸寺，有客来，童子开樊放鹤，纵入云霄，盘旋良久，逋必棹艇遄归[6]，盖以鹤起为客至之验也。临终留绝句曰："湖外青山对结庐，坟前修竹亦萧疏。茂陵[7]他日求遗稿，犹喜曾无封禅书[8]。"绍兴十六年，建四圣延祥观，尽徙诸院刹及士民之墓，独逋墓诏留之，弗徙。至元，

---

1 丽：附丽。
2 皦焉冲照：水面明亮可鉴。
3 反景：倒影。
4 三山：相传海外有三仙山，曰蓬莱、瀛洲、方丈。
5 樊：笼子。
6 遄归：迅速归来。
7 茂陵：汉武帝陵，代指汉武帝。
8 封禅书：帝王举行祭祀天地的封禅大典时所宣读的祭文，代指为帝王歌功颂德的文章。

明　孙枝《西湖纪胜图·孤山》　宁波天一阁博物馆藏

杨连真伽发其墓，唯端砚一、玉簪一。明成化十年，郡守李端修复之。天启间，有王道士欲于此地种梅千树。云间张侗初太史补《孤山种梅序》[9]。

9　张侗初：张鼐，字世凋，华亭（今上海）人，明代官员，官至吏部右侍郎。

西湖有孤山，孤山上有一位孤独的处士，以梅花为妻，以白鹤为子。处士如云中神龙，寻常泛舟湖山间。若有客来，童子放鹤高飞，处士见之则回。

这情景，不是真实，是萦绕于士人心头千古的幻梦，无牵无挂，无拘无束，高隐于孤山之涯，不染人间烟尘，唯以鹤与俗世些微通息。不需担承家眷之累，不需折腰车马之前，此心自由，纵意快活。于是，林逋成了神话。

但林逋是个有血有肉的人，至少，在他的前半生，他亦曾跌跌撞撞于人间。关于他的具体行迹，我们知道得很少，仅从他的诗作中，可以窥得当日的光景。“垂成归不得，危坐对沧浪。病叶经秋色，残禅怕夕阳。可堪疏旧计，宁复更刚肠。的的孤峰意，深宵一梦狂。”（《旅馆写怀》）那时的林逋，羁旅于途，抱负难成，前途渺渺，在冷清秋节，于旅馆中苦吟。这样的林逋，和无数未得志的书生一样，落魄，惆怅。

然后，在四十岁时，他放弃了漂泊，选择了孤山。当人们见一位飘然的处士在湖上纵一苇之所如时，他们的眸子是热烈的：他是谁？在众人皆蝇营狗苟于生计仕途时，他何以如此潇洒？人们在林逋身上看到了自己心中曾经转瞬而过的归隐梦想。这才是他们想要的生活啊！于是，人们奔走相告，传说再流传，最后，林逋成了神话。

然而，孤山的高隐是可疑的。真正的隐者，或采药于山高云深之处，或躬耕于野村陇亩之间，甚至卖瓜贩枣于市井间阎之中，也是一种隐法。隐的真谛，在于弃名忘利。而孤山，董嗣杲《西湖百咏》中引云“唐宋时，楼阁参差，弥布椒麓，山背皆花圃”，早非荒寂之地，虽在城市外，

清　钱杜
《孤山横斜图轴》
上海博物馆藏

孤山雪霁（老照片）

离杭州城，也只隔了短短一条白堤。林逋隐前无名，隐后，名誉盛极一时，真宗赐粟帛，景慕者往来不绝。而客至，童子放鹤高飞，处士见之则回，也不至于让人寻隐者不遇。他终归没有成为一个孤独的隐者。

在孤山的早春里，梅花渐渐地灿烂成了云霞。林处士的墓前，梅开最好。古往今来，人们游赏孤山，吟诵两句"疏影横斜、暗香浮动"的梅花诗，兼带着赞几句林处士的高风亮节，以表达自己的不俗志趣和向往，然后，日头晚了，踏着夕阳，回家去了。

孤山，也许还是孤独的。

关王庙

北山两关王庙。其近岳坟者，万历十五年为杭民施如忠所建。如忠客燕，涉潞河，飓风作，舟将覆，恍惚见王率诸河神拯救获免，归即造庙祝之，并祀诸河神，冢宰张瀚[1]记之。其近孤山者，旧祠卑隘，万历四十二年金中丞为导首鼎新[2]之，太史董其昌手书碑石记之，其词曰："西湖列刹相望，梵宫[3]之外，其合于祭法者，岳鄂王、于少保与关神而三尔。甲寅秋，神宗皇帝梦感圣母中夜传诏，封神为伏魔帝君。易兜鍪而衮冕[4]，易大纛而九斿[5]。五帝同尊，万灵受职。视操、懿、莽、温[6]，偶奸大物，生称贼臣，死堕下鬼，何啻天渊。顾旧祠湫隘[7]，不称诏书播告之意。金

1 冢宰：吏部尚书的别称。张瀚：字子文，仁和（今浙江杭州）人。明万历初年曾任吏部尚书。

2 金中丞：金士忠，字元卿，宿松（今安徽宿松）人，明万历年间（1573—1619）曾任都察院右佥御史。中丞：都察院都御史的别称。导首：首倡。鼎新：更新。

3 梵宫：佛寺。

4 兜鍪：古代战士戴的头盔。衮冕：古代帝王的礼帽礼服。

5 大纛：古代行军中或重要典礼上的大旗。九斿：古代帝王的旌旗。

6 操、懿、莽、温：指曹操、司马懿、王莽和桓温，此四者被视为篡位不忠之人。

7 湫隘：卑湿狭窄之处。

中丞父子，爰议鼎新，时维导首，得孤山寺旧址，度材垒土，勒墙墉，庄像设，先后三载而落成。中丞以余实倡议，属余记之。余考孤山寺且名永福寺，唐长庆四年，有僧刻《法华》于石壁。会元微之[8]以守越州，道出杭，而杭守白乐天为作记。有九诸侯率钱助工，其盛如此。成毁有数，金石可磨，越数百年而祠帝君，以释典言之，则旧寺非所谓现天大将军身，而今祠非所谓现帝释身者耶。至人舍其生而生在，杀其身而身存。孔曰成仁，孟曰取义，与《法华》一大事之旨何异也。彼谓忠臣义士犹待坐蒲团、修观行，而后了生死者，妄矣。然则石壁肖然，而石经初未泐[9]也。顷者四川歼叛，神为助力，事达宸聪[10]，非同语怪。惟辽西黠卤[11]，尚缓天诛，帝君能报曹而有不报神宗者乎！左挟鄂王，右挟少保，

8 元微之：元稹，字微之，河南洛阳人。唐代诗人，唐穆宗长庆三年（823），调任浙东观察使兼越州刺史。

9 泐：铭刻。

10 宸聪：为天子所听闻。

11 黠卤：奸黠的胡虏。

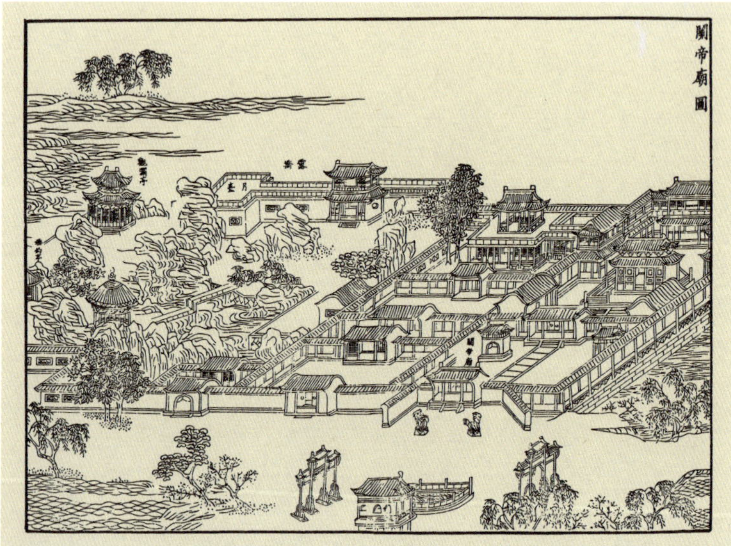

清 《浙江通志卷一·关帝庙图》

驱雷部，掷火铃，昭陵之铁马[12]嘶风，蒋庙之塑兵[13]濡露，谅荡魔皆如蜀道矣。先是，金中丞抚闽，籍神之告，屡歼倭夷，上功盟府[14]，故建祠之费，视众差巨，盖有夙愿云。”寺中规制精雅，庙貌庄严，兼之碑碣清华[15]，柱联工确[16]，一以文理为之，较之施庙，其雅俗真隔霄壤。

---

12 昭陵之铁马：昭陵是唐太宗的陵墓，有著名的“昭陵六骏”石雕。据传，安史之乱时，昭陵石人马显灵援助唐军。事后，昭陵石人马皆汗湿。

13 蒋庙之塑兵：东汉蒋子文，死后被立庙。据传，南朝梁时，蒋子文率庙中人马显灵击败入侵的北魏军队。事后，庙中人马脚上皆有泥湿。

14 上功盟府：功劳为官府所记录。盟府：古代掌管保存盟约文书的官府。

15 清华：清晰华美。

16 工确：工整正确。

苏小小墓

苏小小者，南齐时钱塘名妓也。貌绝青楼，才空[1]士类，当时莫不艳称[2]。以年少早卒，葬于西泠之坞。芳魂不殁，往往花间出现。宋时有司马槱[3]者，字才仲，在洛下梦一美人，搴帷[4]而歌，问其名，曰："西陵苏小小也。"问歌何曲，曰："《黄金缕》[5]。"后五年，才仲以东坡荐举，为秦少章[6]幕下官，因道其事。少章异之，曰："苏小之墓，今在西泠，何不酹酒吊之。"才仲往寻其墓拜之。是夜，梦与同寝，曰："妾愿酬矣。"自是幽昏[7]三载，才仲亦卒于杭，葬小小墓侧。

---

1 空：冠绝。

2 艳称：盛赞。

3 司马槱：字才仲，陕州夏县（今山西夏县）人，宋仁宗宝元年间（1038—1039）曾任杭州知州。

4 搴帷：撩起帷帐。

5 《黄金缕》：词牌名，又名《蝶恋花》。

6 秦少章：名觏，字少章，秦观之弟，高邮（今江苏高邮）人，宋哲宗元祐年间（1086—1093）曾任临安主簿。

7 幽昏：通"幽婚"，人与鬼结婚。

西泠桥，如一枚相思扣，跨越西湖的盈盈绿水，将北山路与孤山扣在了一起，也将游人如织、熙熙攘攘的今朝和那个缥缈如幻的故事扣在了一起。

经过西泠桥的人，必会看见那座小小的坟茔。在春光烂漫的锦绣画里，它的出现如同一个小小的不和谐音符。好奇心引起人们发问，于是，关于苏小小，关于旖旎的情史的传说被一再提起。

她是一个梦一般的美人，美丽、才高、多情，一首“妾乘油壁车，郎骑青骢马，何处结同心，西陵松柏下”便已倾倒众才子一千多年，白居易、李贺、张祜，无数人为之吟咏、怀想、辗转反侧。只是，苏小小永远只是在梦里的，她的情事未知真否，她的诗歌亦有可疑，她曾结同心的西陵无可觅处。但是，关于她的一切又是那么美，所以，世界上就有了一座坟茔，在这里，诗人们徘徊、感伤，在微风吹雨的清冷里幻想那远在缥缈梦里的情人，草如茵，松如盖，风为裳，水为佩，乘着那油壁车，再一次降临。

苏小小之西陵，《乐府广题》称在钱塘江之西，烟涛微茫信难求。苏小小墓，唐代陆广微的《吴地记》中还称在嘉兴。不知于何时起，人们将西湖之西那一片林麓幽处的西村称为西林、西泠，而渐渐将苏小小故事中的西陵指认在了这里。于是，那座美人的坟茔，就出现在了宛若相思扣的西泠桥边。至少在宋代，《咸淳临安志》《武林旧事》皆记载苏小小墓已在西湖畔。周紫芝有《湖堤步游客言此苏小墓也》，在“野水横分青草陂”的湖畔，便是苏小小埋香魂之处。

或许，这是得宜的，那拂堤的烟柳、那明媚的桃花、那脉脉含情

苏小小墓（老照片　摄于20世纪10年代）

的湖水，正要一位绝世佳人来与之相配。西子与范蠡同泛五湖而去，幸而，还有一位苏小小，让人们在因西湖之美而陶醉后，再听一段凄美的故事，去怀想那传说里的美人，平白地掬一把相思泪。

陆宣公祠

孤山何以祠陆宣公[1]也，盖自陆少保炳[2]为世宗乳母之子，揽权怙宠，自谓系出宣公，创祠祀之。规制宏厂[3]，吞吐湖山，台榭之盛，概湖无比。炳以势焰，见有美产[4]，即思攫夺。傍有故锦衣王佐，别墅壮丽，其孽子不肖，炳乃罗织其罪，勒以献产，捕及其母，故佐妾也。对簿时，子强辨。母膝行前，道其子罪甚详。子泣谓母："忍陷其死也？"母叱之曰："死即死，尚何说。"指炳座顾曰："而父坐此非一日，作此等事亦非一日，而生汝不肖子，天道也，汝死犹晚。"炳颊发赤，趣[5]遣之出，弗终夺。炳物故[6]，祠没入官，以名贤得不废。隆庆间，御史谢廷杰以其祠后增祀两浙名贤，益以严光、林逋、赵忭、王十朋、吕祖谦、张九成、杨简、宋濂、王琦、章懋、陈选。会稽进士陶允宜[7]以其父陶大临自制牌版[8]，令人匿之怀中，窃置其傍，时人笑其痴孝。

1 陆宣公：陆贽，字敬舆，苏州嘉兴（今浙江嘉兴）人。唐代政治家、文学家。

2 陆少保炳：陆炳，浙江平湖人。明代权臣，官至太保兼少傅，锦衣卫都指挥使。

3 宏厂：宏大宽敞。

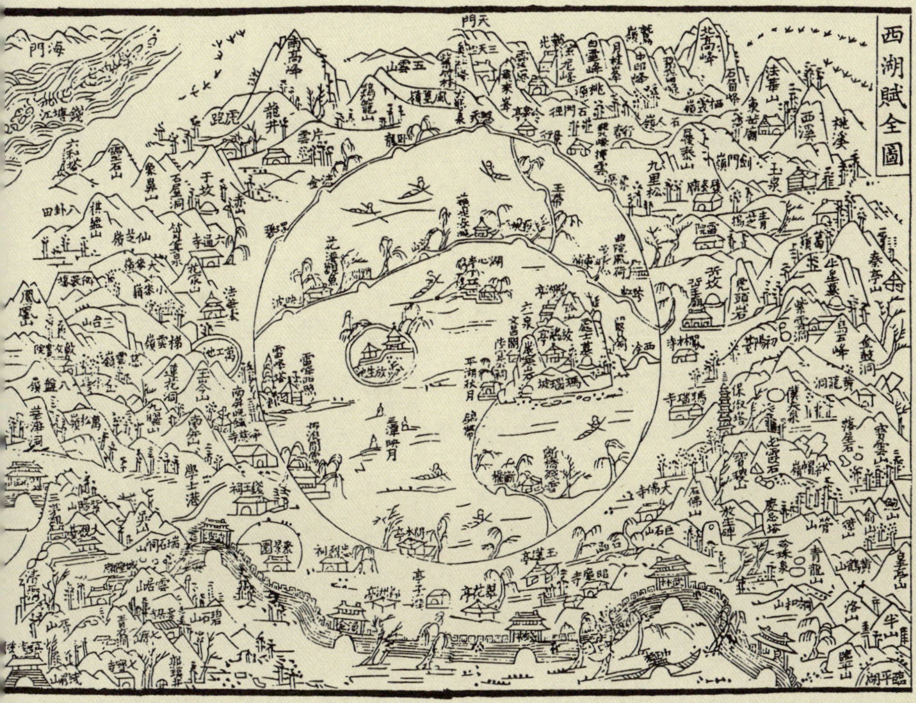

西湖赋全图（选自清乾隆柴氏洽礼堂刊本《西湖赋》），图中孤山“平湖秋月”旁标有“陆宣公祠”

4 美产：风景秀美的地产。

5 趣：催促。

6 物故：去世。

7 陶允宜：明万历二年（1574）进士，官至兵部员外郎。

8 陶大临：字虞臣，会稽（今浙江绍兴）人，明万历时（1573—1619）官至礼部侍郎。牌版：灵位。

六一泉

六一泉在孤山之南，一名竹阁，一名勤公讲堂。宋元祐六年[1]，东坡先生与惠勤上人同哭欧阳公处也。勤上人讲堂初构，掘地得泉，东坡为作泉铭。以两人皆列欧公门下，此泉方出，适哭公讣[2]，名以六一，犹见公也。其徒作石屋覆泉，且刻铭其上。南渡高宗为康王时，常使金，夜行，见四巨人执殳[3]前驱。登位后，问方士，乃言紫薇垣[4]有四大将，曰：天蓬、天猷、翊圣、真武。帝思报之，遂废竹阁，改延祥观，以祀四巨人。至元初，世祖又废观为帝师祠。泉没于二氏之居二百余年。元季兵火，泉眼复见，但石屋已圮，而泉铭亦为邻僧舁去。洪武初，有僧名行升者，锄荒涤垢，图复旧观。仍树石屋，且求泉铭，复于故处。乃欲建祠堂，

1 元祐六年：1091 年。欧阳修卒于熙宁五年（1072），苏轼《六一泉铭》曰："明年公薨，予哭于勤舍。"可知张岱所记年代有误。

2 讣：报丧的信息。

3 殳：戟柄。

4 紫微垣：中国古代将星空分为三垣二十八宿，紫薇垣为三垣之一，位于北天中央位置，以北极为中枢，有十五星，被认为是天帝所居。

以奉祀东坡、勤上人，以参寥[5]故事，力有未逮。教授徐一夔[6]为作疏曰：“睠[7]兹胜地，实在名邦。勤上人于此幽栖，苏长公因之数至。迹分缁素[8]，同登欧子之门；谊重死生，会哭孤山之下。惟精诚有感通之理，故山岳出迎劳之泉。名聿表于怀贤，忱式昭于荐菊。虽存古迹，必肇新祠。此举非为福田[9]，实欲共成胜事。儒冠僧衲，请恢雅量以相成；山色湖光，行与高峰而共远。愿言乐助，毋诮[10]滥竽。”

5 参寥：俗姓何，名昙潜，号参寥子，於潜（今浙江临安）人，宋代诗僧，为苏轼诗友。

6 徐一夔：字大章，天台（今浙江天台）人，元末明初文史学家，曾任杭州府学教授。

7 睠：反观。

8 缁素：僧与俗，指惠勤与苏轼。

9 福田：佛教将布施、修庙、捐款、放生或以自身能力去为他人服务等行为，称为种福田，如种田得收获一般，会得福报。

10 诮：讥讽。

茫茫人海中，寻得一心意相通的知己，为师为友，是万分难得的，若遇见了，则是万分的幸运。欧阳修和惠勤，于苏轼便是如此。

那一年苏轼二十一岁，初次辞别了蜀中的山水，赴京应试。一篇文章洋洋洒洒，令已是文坛泰斗、国家重臣的欧阳修读之，激动得仿佛孩童："读轼书，不觉汗出，快哉快哉！老夫当避路，放他出一头地也。"

欧阳修应当是懂苏轼的，懂他的天才卓荦，懂他的豪放不羁，也懂得，这样的人，在碌碌世间，是孤独的。

因此，当苏轼离开京师，去往东南一隅的杭州时，欧阳修所担心的，就是苏轼在彼的孤独。于是，他将惠勤推荐给了苏轼，"求人于湖山间而不可得，则往从勤乎"。

苏轼到官三日后，在一个将雪欲雪、云满湖面的日子里，去孤山探访惠勤，二人一见如故，抵掌论人物，尽兴而归。苏轼在杭州，终于是不寂寞了。

苏、惠的相识，更证明了欧阳修对他二人的深知。

只是世间所有的邂逅相遇，终有曲终人散的那天。一年后，欧阳修去世。再后来，惠勤也圆寂了。

十八年后，饱尝了世态炎凉的苏轼又回到了杭州。在孤山惠勤的旧舍，故人早已不在。在聆听过他俩无数次彻夜对谈的石壁下，却无端涌出一泓清泉来。

虽是无端，但我甚爱惠勤弟子的解释：这是师父听闻您来了，化作泉水为您接风洗尘吧。

六一泉

离苏轼当年又是一千年过去了。这泓泉水，时湮时现，至今日，幸好，它还在。

孤山上人来人往，但只有知情人，才会特意步入俞楼旁的这条小径。拨开掩映的花木，小径的尽头，便是那浅浅一盈。

这泓泉水，被苏轼命名为“六一泉”，以纪念以“《集古录》一千卷、书一万卷、琴一张、棋一局、酒一壶、鹤一双”而自名的六一居士欧阳修。苏轼曾书《六一泉铭》于泉边石壁上，不过沧桑后，泉铭早已不见，壁上空留石龛。

秋树倒映在水里，红鲤悠游，仿佛梦幻泡影。

人生或许虚幻如梦，但是有缘彼此梦见，经一番谈笑宴宴，不觉东方之既白，醒来觉得，甚为珍贵。

元 王蒙《葛稚川移居图》（局部） 故宫博物院藏

葛岭

葛岭者，葛仙翁稚川修仙地也。仙翁名洪，号抱朴子，句容人也。从祖葛玄，学道得仙术，传其弟子郑隐。洪从隐学，尽得其秘。上党鲍玄妻以女。咸和初，司徒导[1]召补主簿，干宝[2]荐为大著作，皆同辞。闻交趾出丹砂，独求为勾漏令。行至广州，刺史郑岳留之，乃炼丹于罗浮山中。如是者积年。一日，遗书岳曰："当远游京师，克期便发。"岳得书，狼狈[3]往别，而洪坐至日中，兀然若睡，卒年八十一。举尸入棺，轻如蝉蜕[4]，世以为尸解[5]仙去。智果寺西南为初阳台，在锦坞上，仙翁修炼于此。台下有投丹井，今在马氏园。宣德间大旱，马氏甃井[6]得石匣一，石瓶四。匣固不可启。瓶中有丸药若芡实者，啖之，绝无气味，乃弃之。施渔翁独啖一枚，后年百有六岁。浚井后，水遂淤恶不可食，以石匣投之，清洌如故。

---

1 司徒导：王导，字茂弘，琅琊临沂（今山东临沂）人，东晋名臣，为东晋立足江南出力犹多，当时有"王与马（司马氏）共天下"之说。

2 干宝：字令升，新蔡（今河南新蔡）人，东晋文学家，著有《搜神记》。

3 狼狈：匆忙。

4 蝉蜕：蝉所蜕去的外壳。

5 尸解：道家称魂魄升仙而去、留形骸于世为尸解。

6 甃井：砌井。

2015年，中国科学家屠呦呦因发现青蒿素而获诺贝尔医学奖，她讲述其读到晋代葛洪的《肘后备急方》中“青蒿一握，以水二升渍，绞取汁，尽服之”，由此联想到提取青蒿素过程可能需要避免高温，于是改用低沸点溶剂的提取方法，终于获得了成功。一时间，“葛洪”这个名字熠熠生辉，而杭州有一座以其姓氏冠名的葛岭，可谓与有荣焉。

西湖群山间，名寺古刹比比皆是，而道观却凤毛麟角。我在一个雪天去探访葛岭。离西湖北山路仅一墙之隔，杏黄色的山门伫立在山脚下，“葛岭”“抱朴道院”以及两旁的八卦图案，标明着此地的道观身份。进了山门，拾级而上，一场雪，将深秋里的满山斑斓化为朴质的素颜，也让人慢慢走近“抱朴归真”的境界。

雪中的葛岭，是纯粹的，无论是朴素的叠石、古拙的摩崖、静穆的松柏，闲淡如斯，仿佛那个在世事红尘中高蹈的仙人。

传说葛洪曾在葛岭炼丹，但这只是传说。考葛洪生平，生于丹阳，游于洛、徐、豫、荆、襄、江诸地，羽化于广州，似乎没有杭州什么事。斯人久远，恐怕也难以确证了。

但葛洪确实是位一等的有趣人，其好神仙方术，精丹药之道，懂医术之方，学贯百家，又爱做实验，看起来，他似乎是一位达·芬奇式的人物，对周遭的一切现象充满了好奇，他炼出密陀僧（氧化铅）、三仙丹（氧化汞）；研究了天花、结核病和恙虫病；他还研制了不少好用的药物，如松节油治关节炎，铜青（碳酸铜）治皮肤病。他的研究特别接地气，难怪许多行业奉其为祖师爷，如印染业、盐业、金箔业等。有些神神道道的实验，却恰恰和近代化学、医学理念不谋而合，

葛岭半山亭

比如他会从丹砂里提炼出水银，又将水银和硫黄结合制成丹砂，便是化学中氧化还原反应的体现；比如他尝试以毒攻毒，以疯狗脑来治狂犬病，亦可看作是免疫学的先声。现代生物化学家李约瑟在研究了这位一千七百多年前的中国人的生平与成就后，称其为中国古代“最伟大的博物学家和炼金术士”。

中国文化中，向来有大而化之的倾向：儒家不语怪力乱神，对自然界和人类身体的种种奇异报以不屑的沉默；佛家以须弥为芥子、以芥子为须弥，想象力包容四海，对于现实问题则往往无所谓；或许只有道家，抱着一个执拗的长生升仙的幻想，反而在细究不可思议的万物关系，以及思考速朽的躯体如何保养医护。所以，在道家诞生了葛洪这样的人物，炼丹炉的熊熊烈火中，化学元素在起着各种反应，通往玄之又玄众妙之门的路径，或许也导向和谐且美的万物理论。

但是，葛洪注定擎不起科学的明灯。他的所有研究和成果，都被罩上了一层“仙”的迷雾，是的，他是仙翁，他羽化升仙了，他的技术是仙术，凡人难以理解，也不必理解。于是，在张岱的叙述中，人们无法理解从葛岭古井中得到的丸药，只能弃之，而食之寿百有六岁的渔翁，也只是成为一则神话，他为什么高寿，他的高寿与那枚丸药有什么关系，统统无所谓了。

人们不需要知道这一切的一切的终极原因，他们只需要一个关于神秘与仙术的好故事，就够了。

苏公堤

杭州有西湖，颍上[1]亦有西湖，皆为名胜，而东坡连守二郡。其初得颍，颍人曰："内翰[2]只消游湖中，便可以了公事。"

秦太虚因作一绝云："十里荷花菡萏初，我公身至有西湖。欲将公事湖中了，见说官闲事亦无。"后东坡到颍，有谢执政启云："入参两禁[3]，每玷北扉[4]之荣；出典二邦，迭为西湖之长。"

故其在杭，请浚西湖，聚葑泥，筑长堤，自南之北，横截湖中，遂名苏公堤。夹植桃柳，中为六桥。南渡之后，鼓吹楼船，颇极华丽。后以湖水漱啮[5]，堤渐凌夷[6]。入明，成化以前，里湖尽为民业，六桥水流如线。正德三年，郡守杨孟瑛[7]辟之，西抵北新堤为界，增益苏堤，高二丈，阔

---

1 颍上：今安徽省颍上县。苏轼曾任颍州知州，对颍州西湖进行疏浚。

2 内翰：翰林学士的别称。苏轼曾任翰林学士知制诰，故称。

3 两禁：北宋翰林学士的直舍在皇宫北门两侧，故以两禁代指翰林院。

4 北扉：翰林院的门朝北而开，以便于皇帝征召，故以北扉代指翰林院。

5 漱啮：侵蚀。

6 凌夷：毁坏。

7 杨孟瑛：字温甫，四川丰都（今重庆丰都）人，明孝宗弘治年间（1488—1505）曾任杭州知府，对西湖进行疏浚，筑杨公堤。

五丈三尺，增建里湖六桥，列种万柳，顿复旧观。久之，柳败而稀，堤亦就圮。

嘉靖十二年，县令王钛令犯罪轻者种桃柳为赎，红紫灿烂，错杂如锦。后以兵火，砍伐殆尽。万历二年，盐运使朱炳如[8]复植杨柳，又复灿然。迨至崇祯初年，堤上树皆合抱，太守刘梦谦与士夫陈生甫辈时至[9]。二月，作胜会于苏堤。城中括羊角灯[10]、纱灯几万盏，遍挂桃柳树上，下以红毡铺地，冶童[11]名妓，纵饮高歌。夜来万蜡齐烧，光明如昼。湖中遥望堤上万蜡，湖影倍之。萧管笙歌，沈沈昧旦[12]。传之京师，太守镌级[13]。

因想东坡守杭之日，春时每遇休暇，必约客湖上，早食于山水佳处。饭毕，每客一舟，令队长一人，各领数妓，任其所之。晡后[14]鸣锣集之，复会望湖亭或竹阁，极欢而罢。至一、二鼓，夜市犹未散，列烛以归。城中士女夹道云集而观之。此真旷古风流，熙世[15]乐事，不可复追也已。

---

8 朱炳如：字稚文，衡阳（今湖南衡阳）人，明神宗万历年间（1573—1619）曾任两浙盐运使。

9 刘梦谦：罗山（今河南罗山）人，明毅宗崇祯年间（1628—1644）曾任杭州知府。

10 羊角灯：用羊角加工后的材料做成灯罩的灯。

11 冶童：面容姣好的童子。

12 昧旦：天将亮的时候。

13 镌级：降低官阶。

14 晡后：申时，午后三点至五点。

15 熙世：太平盛世。

苏堤春晓

游客游西湖，是不可不到苏堤的。白天，苏堤上满是大大小小的旅行团，戴着各色帽子的团友们亦步亦趋地跟着举着小旗子的导游，好不热闹。此时的苏堤固然花团锦簇，但我偏爱的，是夜晚的苏堤。

待日头下山，约 7 点多，4 路公交车到了苏堤一站，我跳下车，坦然走在湖边，此时，只有三三两两的游人信步，他们和我一样，来参加这场夜的邀约。

从花港一端走起，苏堤平坦宽阔，尽可以安步当车。两旁的高柳在夜色下朦胧，鲜花都隐去了颜色，甜美入梦。如果此时有月在头上，

元　赵孟頫《东坡先生小像》

那是最好不过的，尽可以邀上它，一同漫步，反正它也不急着赶路。

西边，绵延的远山只留下黛色的一抹，其下荡漾着靛色的湖水，被月华敷上淡淡的脂粉。东边，远远一线灯光嵌在湖的尽头，灯光在湖水中氤氲开来，灿灿若美人发髻上的金冠。西边是遗世独立的清冷，东边是纵情肆意的喧闹。我在苏堤上，左顾右盼，哪边都能伫立赏欣，却哪边也不执着。

不知当年于月夜徘徊苏堤上的苏东坡，是否也是如此。

苏堤，是苏东坡的杰作。天赋这东西，有时就是对某个人青眼相加，苏轼就是这样的天才，他作词则文宗，挥笔则书圣，就连下个厨，都能捣鼓出传世名菜来。这样的苏轼，来杭州为知州时，却遇到一个烂摊子：杭州西湖因为疏于治理，已是淤泥满积，奄奄一息。

摆在苏轼面前的，是一道严肃的工程学的问题。但诗意如他，却以生花妙笔，轻轻一画，于是疏浚西湖清理出的淤泥于湖中堆为一脉长堤，南起南屏山，北至栖霞岭，贯穿湖中，堤上植柳莳花，步步皆

清　关槐《西湖图》　台北故宫博物院藏

风景。而长堤将西湖二分，外湖近城，浓抹妩媚，里湖近山，淡妆清雅。堤身上开六桥，里外湖水相连，各有风姿又融为一体，实在是“相宜”。

“淡妆浓抹总相宜”，这是苏轼眼中西湖的美，或许也正是他的处世原则。他可以“淡”，对人生跌宕云淡风轻，也可以“浓”，对生活雅趣浓情蜜意。他的“淡”并不疏离，他的“浓”也不俗气，恰恰在“相宜”的那条黄金分割线上。所以，苏东坡这个人才有趣，他可以是“日啖荔枝三百颗”的吃货，也可以是高唱“大江东去，千古风流人物”的伟丈夫，他可以是“多情总被无情恼”的痴人，也可以是“左牵黄，右擎苍”的狂夫，他生动但不油滑，风雅但不清高，无论如何，他就是苏轼，那个独一无二的苏轼。

苏轼时代是张岱心中的黄金时代。那时，西湖正妩媚，丽人正青春，名士风华正茂，于山水佳处放不羁之舟，任其所之，极欢而罢。这样的“旷古风流，熙世乐事”，可惜再难追还了。

湖心亭

湖心亭旧为湖心寺，湖中三塔，此其一也。明弘治间，按察司佥事阴子淑[1]秉宪[2]甚厉。寺僧怙镇守中官[3]，杜门[4]不纳官长。阴廉[5]其奸事，毁之，并去其塔。嘉靖三十一年，太守孙孟[6]寻遗迹，建亭其上。露台亩许，周以石栏，湖山胜概，一览无遗。数年寻圮[7]。万历四年，佥事徐廷祼重建。二十八年，司礼监孙东瀛改为清喜阁，金碧辉煌，规模壮丽，游人望之，如海市蜃楼。烟云吞吐，恐滕王阁、岳阳楼俱无甚伟观也。春时，山景睺罗[8]、书画、骨董，盈砌盈阶，喧阗扰嚷，声息不辨。夜月登此，阒寂凄凉，如入鲛宫海藏。月光晶沁，水气滃[9]之，人稀地僻，不可久留。

---

1 阴子淑：字宗孟，湖北崇阳人，徙居四川内江，为人耿直不阿，曾任浙江按察司佥事。

2 秉宪：执法。

3 中官：太监。

4 杜门：闭门。

5 廉：考察。

6 孙孟：字端夫，滁州（今安徽滁州）人，明世宗嘉靖年间（1522—1566）曾任杭州知州。

7 圮：坍塌。

8 睺罗：摩睺罗的简称，宋、元时指用土、木、蜡等制成的婴孩形玩具。

9 滃：形容水汽升腾而起。

明　宋懋晋《西湖胜迹图·湖心亭》　天津博物馆藏

【附 录】张岱《湖心亭小记》

崇祯五年十二月，余住西湖。大雪三日，湖中人鸟声俱绝。是日更定矣，余拏一小舟，拥毳衣[1]炉火，独往湖心亭看雪。雾凇沆砀[2]，天与云、与山、与水，上下一白。湖上影子，惟长堤一痕、湖心亭一点，与余舟一芥，舟中人两三粒而已。到亭上，有两人铺毡对坐，一童子烧酒，炉正沸。见余大惊喜，曰："湖中焉得更有此人！"拉余同饮。余强饮三大白[3]而别。问其姓氏，是金陵人，客此。及下船，舟子喃喃曰："莫说相公痴，更有痴似相公者。"

---

1 毳衣：毛皮衣。

2 沆砀：白气弥漫的样子。

3 三大白：三大杯酒。

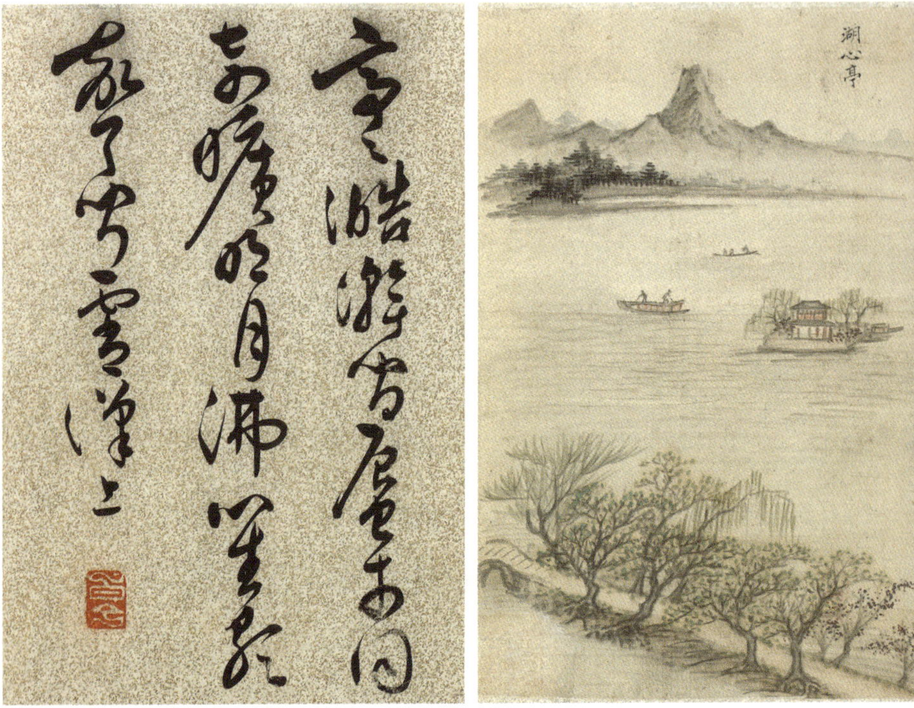

明　卞文瑜《西子眉·湖心亭》　故宫博物院藏

崇祯五年（1632）的雪，落在张岱的眸子里，长堤一痕、湖心亭一点、舟一芥、舟中人两三粒，雪后的西湖，极简如此。

这恐怕是张岱笔下西湖的最美一瞬，无需柳丝醉雨，无需飞阁流丹，无需工笔勾描、重彩铺陈，白茫茫的湖，如素宣四尺，只寥寥数笔，便已令后世痴人，向往不已。

那般的西湖，是难得的。平日里，西湖游人如织，偶有飘雪，看雪者亦是络绎不绝，谁也不愿错过这美景，湖上游船，穿梭如萤，早已难寻见张岱当年的极简风格。

或许只有夜里，才能些微识得一些那个辽远寂寞的西湖。与友二人，登上一只摇橹船，急催着船工远离岸边灯火，船头破开青黑的湖水，驶向茫茫夜之深处。

到了湖心亭附近，周遭才渐渐静了下来，回头远望，尘世隔岸，喧嚣已非我闻。便唤船工不必摇橹，且纵一苇荡漾。

仰观苍穹如盖，俯察湖面如海，近看湖心亭如蓬莱，而我，也许是那个冒失而来的徐福。夜色将湖心亭上的树木亭阁皆掩去，只朦胧如梦。我不上岸，只在这四下寂寥的湖心，听风细细几缕，看月浅浅一痕，足矣。

不觉中，船竟然已抵岸。回到人世，我尚恍然。但愿能长久做个痴人，虽然只是奢望。

放生池

宋时有放生碑，在宝石山下。盖天禧四年，王钦若[1]请以西湖为放生池，禁民网捕，郡守王随[2]为之立碑也。今之放生池，在湖心亭之南。外有重堤，朱栏屈曲，桥跨如虹，草树蓊翳[3]，尤更岑寂。古云三潭印月，即其地也。春时游舫如鹜，至其地者，百不得一。其中佛舍甚精，复阁重楼，迷禽暗日[4]，威仪肃洁，器钵无声。但恨鱼牢幽闭，涨腻[5]不流，刿[6]鬐缺鳞，头大尾瘠，鱼若能言，其苦万状。以理揆[7]之，孰若纵壑开樊[8]，听其游泳，则物性自遂，深恨俗僧难与解释耳。昔年余到云栖，见鸡鹅豚羖[9]，共牢饥饿，日夕挨挤，堕水死者不计其数。余向莲池师再四疏说，亦谓未能免俗，聊复尔尔。后见兔鹿猢狲亦受禁锁，余曰："鸡凫豚羖，皆藉食于人，若兔鹿猢狲，放之山林，皆能自食，何苦锁禁，待以胥縻[10]。"莲师大笑，悉为撤禁[11]，听其所之，见者大快。

1　王钦若：字定国，临江军新喻（今江西新余）人，北宋丞相。

2　王随：字子正，河阳人，北宋丞相，宋真宗天禧年间（1017—1021）曾任杭州知州。

三潭印月（老照片）

3 蓊翳：茂盛。

4 迷禽暗日：使禽鸟迷路，使天日昏暗。

5 涨腻：水面的脂垢。

6 刿：刺伤。

7 揆：考量。

8 纵壑开樊：挖开沟壑，打开囚笼。

9 羖：公羊。

10 胥縻：囚徒。

11 撤禁：撤除禁锢。

天下最会赏月的人，非杭州人莫属。杭州人看月，非独仰头直愣愣地看，还要从如镜的湖中看，从玲珑的石窍中看，将那天上一轮，看出清辉似水漾，寒影长徘徊来。平湖秋月、月岩望月，饶是有趣，若论最负盛名的赏月处，自然是三潭印月了。

三潭，《咸淳临安志》云："土人相传在湖中。"东坡在疏浚西湖后，为标记水深、防止倾占而于三潭处立三石塔。《武林梵志》云："南宋旧图，对第三桥之左为一塔，四桥左为一塔，五桥右为一塔。塔形如瓶，浮漾水中。"这出于实用目的而建的三塔，却与月亮结下了缘分。三五之夜，一轮高悬，月光下泻，映于潭中，漾漾如骊珠。

赏三潭印月，可乘小舟至近旁，亦可于湖中岛上观之。岛上有保宁寺，又名湖心寺，寺僧独揽这妙景，真真羡煞旁人。秦观曾驻此，有诗曰："保宁复在最佳处，水光四合无端倪。车尘不来马足断，时有海月相因依。"（《送僧归保宁寺》）然岛小寺僻，能上岛观月者无几，甚至，因为这游赏事，保宁寺还惹来了一桩祸事。

明田汝成《西湖游览志》载："国朝弘治间，按察司佥事阴子淑为诸生时，曾游入寺，廉得众僧之奸。及为秉宪，甚厉，时寺僧倚怙镇守中官，见任官长及卿士大夫以酒肴入游寺者，杜门不容。阴乃发其奸事，立毁之，并去其塔。"闭门不纳官长游赏的保宁寺落得个寺毁塔倒的下场。

这个故事，张岱在《湖心亭》中说了，湖心亭所在是原三潭中北塔的基址，而非原湖心寺。明聂心汤《钱塘县志》称"湖心寺外三塔，其中塔、南塔并废，乃即北塔基建亭，名湖心亭"，可明了。

保宁寺和三塔消失了一百多年后，至明万历三十五年（1607），钱塘令聂心汤感于此地荒寂，便学苏东坡的法子，以湖底葑泥绕保宁寺旧址筑成埂堤，以为放生之所，又在旧寺址上筑德生堂。三十九年（1611），继为县令的杨万里在聂堤之外筑外埂，将德生堂增葺为寺，又于外埂边造小石塔三座，由是，三潭印月得以恢复旧观。不过新建之三潭，单纯出于游赏目的，比起宋时鼎立湖中的三塔，布局紧凑多了。至清雍正五年（1727），浙江总督李卫在明代埂堤基础上增建曲桥、亭轩之属，又多植木芙蓉，将放生池营造为仙境般的玲珑岛屿。人言海上有仙山，其一名“瀛洲”，便以“小瀛洲”称此岛。惜此后胜景，张岱不曾观。

清末，有彭玉麟将军退隐于此。辛亥后，彭公旧所改为浙江先贤祠，祠奉黄宗羲、吕留良、杭世骏等志士，由此，花木扶疏中凛然有了英雄气。

又传好事的杭州人玩月，于石塔中点上明烛，塔洞糊以薄纸，使烛光印入水中，仿佛轮月，又与天上月、水中月相逐相戏，很是热闹。惜未曾观。

醉白楼

杭州刺史白乐天啸傲湖山时，有野客[1]赵羽者，湖楼最畅，乐天常过其家，痛饮竟日，绝不分官民体[2]。羽得与乐天通往来，索其题楼，乐天即颜[3]之曰“醉白”。在茅家埠，今改吴庄。一松苍翠，飞带如虬，大有古色，真数百年物。当日白公，想定盘礴[4]其下。

1 野客：隐士逸民。

2 不分官民体：不区分官宦与平民的礼仪体统。

3 颜：题写匾额。

4 盘礴：流连。

小青佛舍

小青，广陵人。十岁时遇老尼，口授《心经》，一过成诵。尼曰："是儿早慧福薄，乞付我作弟子。"母不许。长好读书，解音律，善弈棋。误落武林富人，为其小妇[1]。大妇奇妒，凌逼[2]万状。

一日，携小青往天竺，大妇曰："西方佛无量，乃世独礼大士[3]，何耶？"小青曰："以慈悲故耳。"大妇笑曰："我亦慈悲若。"乃匿之孤山佛舍，令一尼与俱。小青无事，辄临池自照，好与影语，絮絮如问答，人见辄止。故其诗有"瘦影自临春水照，卿须怜我我怜卿"之句。后病瘵[4]，绝粒[5]，日饮梨汁少许，奄奄待尽。乃呼画师写照[6]，更换再三，都不谓似。后画师注视良久，匠意妖纤[7]。乃曰："是矣。"以梨酒供之榻前，连呼："小青！小青！"一恸而绝，年仅十八。遗诗一帙。

大妇闻其死，立至佛舍，索其图并诗焚之，遽去。

1　小妇：妾室。

2　凌逼：欺凌逼迫。

3　大士：菩萨，此处指观世音菩萨。

冯小青墓（老照片）

4 病瘵：患肺结核。

5 绝粒：绝食。

6 写照：画像。

7 妖纤：娇媚纤弱。

西湖畔的多情人，苏小小是一位，冯小青是另一位。

张岱已经给我们讲述了这位明代女子的生平：早慧多才，却误嫁鄙人，大妇奇妒，只得独居孤山佛舍，寂寞无端，对影自怜，乃至郁郁而终。冯小青的故事凄美哀绝，令人叹惋，流传甚广，明清小说中多有叙其事者，甚至演绎为传奇戏剧（如《风流院》《春波影》《疗妒羹》），直至20世纪，还成为现代心理学者研究的主题，潘光旦之《冯小青：一件影恋之研究》便为一例。

在后人的眼中，冯小青是艳女、才女，又是怨女，这样的女子，足以让后世浮想联翩，或幻想与之邂逅于梅花树下，如襄王之会神女（烟水散人《美人书》中记载煮鹤生月下见冯小青），或牵强为之另配佳偶，如相如之诱文君（戏剧《疗妒羹》中，小青另嫁杨不器为妾）。人们不甘心她就这么香消玉殒了，总要寻一个解释或觅一段缘分，方才不负了这难得佳人。

至于为何如此才华倾城的佳人会落得如此下场，大抵只能归为遇人不淑和大妇嫉妒了。但是，在旧时代，女子此身不自由，婚姻不自主，小青般的遭遇比比皆是。只是大多数女子的痛苦无法诉说，只有小青，吟成了诗篇。

冷雨幽窗不可聆，挑灯闲看牡丹亭。
人间亦有痴于我，岂独伤心是小青。

犹记得曾听《疗妒羹・题曲》这场昆曲折子戏，舞台上只有小青一人，独坐寒灯下，在冷雨敲窗的夜里，读《牡丹亭》，为杜丽娘之事，称奇，称叹，反复再三。那场牡丹亭下伴着花香的幽会，透过纸，给沉沦寂寞的小青带来一丝迷幻的诱惑。杜丽娘在梦中相遇意中人，郎情妾意，好不缱绻。她是有爱的自由的，至少在梦里，即使生时不自由，死去亦得自由。而小青呢，此生无望，或许死后可待。

所以小青死前要请人作画像，一而再，再而三，直至画出她的妖纤之致。然后她死了，留下画像，期待有她的柳梦梅拾画来爱上她，来那幽冥之境寻找她，因为在那里，她是自由的。

张岱曾见的小青佛舍早已不存。如今在孤山上漫步，偶会见到路旁有一石碑，书“冯郎春航能歌小青影事者。顷来湖上泛棹孤山，抚冢低徊，题名而去。既与余邂逅，属为点染以际后人，用缀数言勒石诸墓侧，世之览者徜亦有感于斯。民国四年夏，吴江柳亚子题”，所谓“冯郎春航”乃民国时名伶，善演冯小青角色，嘱咐柳亚子勒石在小青墓旁。因此，此地便曾为小青墓所在。

离小青墓不远，是鉴湖女侠秋瑾墓。小青故后四百多年，秋瑾这位奇女子意识到了女子身上的千年枷锁，并开始为天下女子的自由而抗争。

卷四　西湖南路

柳洲亭

柳洲亭，宋初为丰乐楼，高宗移汴民居杭地、嘉、湖诸郡，时岁丰稔，建此楼以与民同乐，故名。门以左，孙东瀛建问水亭。高柳长堤，楼船画舫，会合亭前，雁次[1]相缀，朝则解维，暮则收缆，车马喧阗，驺从[2]嘈杂，一派人声，扰嚷不已。堤之东尽为三义庙，过小桥折而北，则吾大父[3]之寄园、铨部[4]戴斐君之别墅。折而南，则钱麟武阁学[5]、商等轩冢宰[6]、祁世培柱史[7]、余武贞殿撰[8]、陈襄范掌科[9]各家园亭，鳞集于此。过此则孝廉黄元辰之池上轩、富春周中翰之芙蓉园，比间[10]皆是。今当兵燹之后，半椽不剩，瓦砾齐肩，蓬蒿满目。李文叔[11]作《洛阳名园记》，谓以名园之兴废，卜洛阳之盛衰，以洛阳之盛衰，卜天下之治乱。诚哉言也！余于甲午年，偶涉于此，故宫离黍[12]，荆棘铜驼[13]，感慨悲伤，几效桑苎翁[14]之游苕溪，夜必恸哭而返。

1　雁次：如大雁般依次相接而来。

2　驺从：官宦显贵出行时所带的侍从。

3　大父：祖父。

4　铨布：吏部的别称。

5　钱麟武阁学：钱象坤，字弘载，号麟武，浙江会稽（今浙江绍兴）人。明代官员，官至东阁大学士。阁学：大学士的别称。

明　孙枝《西湖纪胜图·柳洲亭》　宁波天一阁博物馆藏

6　商等轩冢宰：商周祚，字等轩，浙江会稽（今浙江绍兴）人。明代官员，官至吏部尚书。

7　祁世培柱史：祁彪佳，字虎子，号世培，浙江山阴（今浙江绍兴）人。明代官员，官至右佥都御史。柱史：柱下史，御史的别称。

8　余武贞殿撰：余煌，字武贞，浙江会稽（今浙江绍兴）人。明代官员，天启二年（1622）状元，授翰林院修撰，故称“殿撰”。

9　掌科：明代六科给事中的别称。

10　比閰：里闾相邻。

11　李文叔：李格非，字文书，济南（今山东济南）人，北宋官员，李清照之父。著有《洛阳名园记》。

12　离黍：语出自《诗经·王风·黍离》“彼黍离离”，指故国荒落，宫室尽生禾黍。

13　荆棘铜驼：语出自《晋书·索靖传》“因指宫门铜驼曰：‘会见汝在荆棘中耳。’”形容遭遇战乱后的残破景象。

14　桑苎翁：陆羽，字鸿渐，复州竟陵（今湖北天门）人，隐居苕溪，自称桑苎翁。

灵芝寺

灵芝寺，钱武肃王之故苑也。地产灵芝，舍以为寺。至宋而规制寖[1]宏，高、孝两朝，四临幸焉。内有浮碧轩、依光堂，为新进士题名之所。元末毁，明永乐初，僧竺源再造，万历二十二年重修。余幼时至其中看牡丹，干高丈余，而花蕊烂熳，开至数千余朵，湖中夸为盛事。寺畔有显应观，高宗以祀崔府君也。崔名子玉，唐贞观间为磁州鍪阳令，有异政，民生祠之，即卒为神。高宗为康王时，避金兵走巨鹿，马毙，冒雨独行，路值三歧，莫知所往。忽有白马在道，鞚驭[2]乘之，驰至崔祠，马忽不见，但见祠马赭汗如雨，遂避宿祠中。梦神以杖击地，促其行。趋出门，马复在户，乘至斜桥，会耿仲南来迎[3]，策马过涧，见水即化，视之乃崔府君祠中泥马也。及即位，立祠报德，累朝崇奉异常，六月六日是其生辰，游人阗塞。

1 寖：逐渐。

2 鞚驭：驾驭。鞚：马笼头。

3 耿仲南：当作耿南仲，字晞道，开封（今河南开封）人。北宋官员，宋钦宗时（1125—1126）官至尚书左丞。

钱王祠

钱镠，临安石鉴乡人，骁勇有谋略。壮而微，贩盐自活。唐僖宗时，平浙寇王仙芝[1]，拒黄巢[2]，灭董昌[3]，积功自显。梁开平元年，封镠为吴越王。有讽镠拒梁命者，镠笑曰：“吾岂失一孙仲谋耶！”遂受之。改其乡为临安县，军为锦衣军。是年，省茔垄[4]，延[5]故老，旌钺[6]鼓吹，振耀山谷。自昔游钓之所，尽蒙以锦绣，或树石至有封官爵者，旧贸盐担，亦裁锦韬[7]之。

一邻媪九十余，携壶泉迎于道左，镠下车亟拜。媪抚其背，以小字呼之曰：“钱婆留，喜汝长成。”盖初生时，光怪满室，父惧，将沉于了溪，此媪苦留之，遂字焉。为牛酒，大陈以饮乡人；别张蜀锦为广幄[8]，以饮乡妇。年上八十者饮金爵，百岁者饮玉爵。镠起劝酒，自唱还乡歌以娱宾，曰：

---

1 王仙芝：濮州（今山东鄄城）人，唐末农民起义领袖。
2 黄巢：曹州冤句（今山东菏泽）人，唐末农民起义领袖。
3 董昌：临安（今浙江临安）人，唐末曾割据两浙，后败亡。
4 省茔垄：归家祭祖坟。
5 延：延请。
6 旌钺：旌旗与斧钺，为出行仪仗。
7 韬：覆盖。
8 广幄：大帐。

表忠观（老照片）

“玉节还乡兮挂锦衣，父老远近来相随。斗牛光起天无欺，吴越一王驷马归。”时将筑宫殿，望气者言：“因故府大之，不过百年；填西湖之半，可得千年。”武肃笑曰：“焉有千年而其中不出真主者乎？奈何困吾民为！”遂弗改造。宋熙宁间，苏子瞻守郡，请以龙山废祠妙音院者，改为表忠观以祀之。今废。明嘉靖三十九年，督抚胡宗宪[9]建祠于灵芝寺址，塑三世五王[10]像，春秋致祭，令其十九世孙德洪[11]者守之。郡守陈柯[12]重镌表忠观碑记于祠。

---

9 胡宗宪：字汝贞，徽州绩溪（今安徽绩溪）人。明世宗嘉靖时（1522—1566），东南倭乱，胡宗宪任直浙总督。

10 三世五王：吴越国传三代，共五王，为钱镠、钱元瓘、钱弘佐、钱弘倧、钱弘俶。

11 德洪：钱宽，字德洪，浙江余姚人，为钱镠十九世孙，明代思想家。

12 陈柯：字君则，福建闽县人，明世宗嘉靖时任杭州知府。

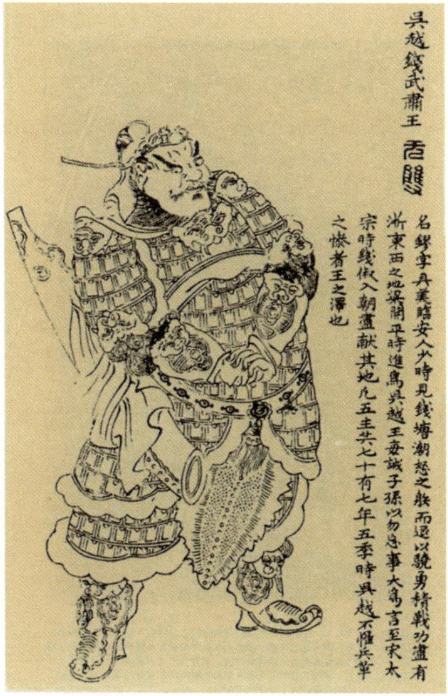

吴越王钱镠像

在一个春和景明的日子里，在湖东漫步，不觉就走到了钱王祠。祠前，立有吴越王钱镠像，乃一全身披挂的赳赳武夫。祠侧有一小石坊，书一联曰：“门前柳绿霏霏舞，陌上花开缓缓归。”联语取自钱镠与妻吴氏的短信：“陌上花开，可缓缓归矣。”浴血百战、见惯了厮杀的诸侯，多有一副铁石心肠，而钱镠对其妻，竟然能有如此柔情软语，我对这位吴越王不禁刮目相看。

在杭州寻访古迹，无论是历经劫波的捍海石塘，还是沧桑满目的摩崖石像，它们的缘起总会追溯到吴越国那里。这个王国已经消逝千年，但今天，我们依然时常提到它，遇见它。确实，在吴越国之前，杭州不过是寻常州府，而吴越国之后，东南形胜、三吴都会方才名副其实。

吴越王究竟在这里做了什么？翻开史册，功绩历历，不必细数。若以其言行观其人，那么，吴越王钱镠着实是个有意思的明白人。

千古人物数不尽数，明白人却是不多的。大抵人皆有野心，得陇望蜀，欲壑难填。就拿五代十国那样的大乱世来说吧，唐失其鹿，群雄逐之，有了几支人马，占了些许城池，便想着称帝者，如前蜀、南汉、吴、闽等，比比皆是，有人劝钱镠效法，钱镠却知道就凭东南十三州的实力根本支撑不起帝业，何必博这个虚名，使自己成为众矢之的呢，于是，他笑笑说："此儿辈自坐炉炭之中，又踞吾于上邪？"（《十国春秋·吴越二》）。

当时诸侯为自家霸图，无所不用其极，朱温和李克用隔黄河对阵三十年，把黄河大堤决了五六次，使中原一带尽为泽国也在所不惜。而有术士告诉钱镠可得千年基业，代价不过是填半个西湖，钱镠却笑笑说："焉有千年而其中不出真主者乎？奈何困吾民为？"钱镠明白，天下大势分久必合，他既然没有能力成为那个终结分裂者，那么就在这乱世中保全桑梓百姓，待到统一之势时，便顺应天命，归附真君吧。毕竟，这江山，不是专属一家一姓的。

幸亏有这位明白人，当周遭杀人盈城、白骨盈野时，吴越国却成为乱世中的乐土，百姓老死不识兵戈。幸亏有这位明白人，当最终的王者——宋开动统一的战车，抵抗者莫不肉身成齑、血流漂杵时，东南十三州的锦绣江山却完好无损。钱氏放弃了一家一姓的王业，却给百姓以长久的太平。

爱民者，民念之。五代十国的尘嚣早已平息千年，当年的王侯早已化为朽骨，而西湖边，却依然有一座钱王祠。每年，当春风染绿柳枝时，依然有人念起那句动人的情诗："陌上花开，可缓缓归矣。"

净慈寺

净慈寺，周显德元年钱王俶建，号慧日永明院，迎衢州道潜[1]禅师居之。潜尝欲向王求金铸十八阿罗汉，未白也。王忽夜梦十八巨人随行。翌日，道潜以请，王异而许之，始作罗汉堂。宋建隆初，禅师延寿[2]以佛祖大意，经纶[3]正宗，撰《宗镜录》一百卷，遂作宗镜堂。熙宁中，郡守陈襄[4]延僧宗本居之。岁旱，湖水尽涸。寺西隅甘泉出，有金色鳗鱼游焉，因凿井，寺僧千余人饮之不竭，名曰圆照井。南渡时，毁而复建，僧道容鸠工[5]五岁始成。塑五百阿罗汉，以田字殿贮之。绍兴九年，改赐净慈报恩光化寺额。复毁。孝宗时，一僧募缘修殿，日餍酒肉而返，寺僧问其所募钱几何，曰："尽饱腹中矣。"募化三年，簿上布施金钱，一一开载[6]明白。一日，大喊街头曰："吾造殿矣。"复置酒肴，大醉市中，

---

1 道潜：俗姓武，五代法眼宗高僧，曾任永明院（净慈寺）住持。

2 延寿：俗姓王，别名智觉，字冲玄，唐末五代高僧，净土宗六祖。

3 经纶：梳理。

4 陈襄：字述古，福州侯官（今福建福州）人，北宋理学家，宋神宗熙宁年间（1068—1077）曾知杭州。

5 鸠工：聚集工匠。

6 开载：逐一记载。

揠[7]喉大呕，撒地皆成黄金，众缘自是毕集，而寺遂落成。僧名济颠[8]。识者曰："是即永明后身[9]也。"嘉泰间，复毁，再建于嘉定三年。寺故闳大，甲于湖山。翰林程珌[10]记之，有"湿红映地，飞翠侵霄，檐转鸾翎，阶排雁齿。星垂珠网，宝殿洞乎琉璃；日耀璇题[11]，金椽耸乎玳瑁"之语。时宰官建议，以京辅[12]佛寺推次甲乙，尊表五山，为诸刹纲领[13]，而净慈与焉。先是，寺僧艰汲[14]，担水湖滨。绍定四年，僧法薰以锡杖扣殿前地，出泉二派，锹为双井，水得无缺。淳祐十年，建千佛阁，理宗书"华严法界正偏知阁"八字赐之。元季，湖寺尽毁，而兹寺独存。明洪武间毁，僧法净重建。正统间复毁，僧宗妙复建。万历二十年，司礼监孙隆重修，铸铁鼎，葺钟楼，构井亭，架棹楔[15]。永乐间，建文帝隐遁于此，寺中有其遗像，状貌魁伟，迥异常人。

7　揠：抓。

8　济颠：道济，俗姓李，名修缘，台州（今浙江临海）人。道济不守戒律，举止癫狂，故被称为"济颠"，民间传说其颇有神通、救贫济困，又被尊为"济公"。

9　后身：转世。

10　程珌：字怀古，休宁（安徽休宁）人，宋理宗宝庆年间（1225—1227）曾任翰林学士知制诰。

11　璇题：精美的题匾。

12　京辅：国都及其附近地区。

13　纲领：表率。

14　艰汲：取水困难。

15　棹楔：门旁表宅树坊的木柱。

南屏山下净慈寺（老照片）

那是一个六月的拂晓，杨万里和林子方出了净慈寺，眼前，西湖如鉴展开，而湖中的荷叶无尽，碧色连天，荷花在熹微晨光中，面带醉晕，然后，杨万里写出那千古绝句“接天莲叶无穷碧，映日荷花别样红”。

西湖以莲胜，六月时，湖畔一一风荷清举，婀娜之姿，自不待言。而莲与佛有缘。西湖边本梵宇环萦，有昭庆寺、智果寺、玛瑙寺、净慈寺等，钟磬相闻。只如今，众伽蓝皆湮灭，唯有在净慈寺，我等还能如当年杨万里一般，出寺前，览湖光十顷，观莲花自在。

佛门以莲花喻善法，盖莲花出淤泥不染，如菩萨以智慧观诸境，虽处五浊之中，不为生死过失所染。善哉此法！但不知世间修行人万千，心如莲花者几人？

说到净慈寺，便不能不提鼎鼎有名的济公。至今净慈寺西还有济公殿，殿内供的就是这位疯疯癫癫的和尚。殿前有井，道是当年济公便是通过这口井，将修缮寺院所需的栋梁材源源不断地运来的。小时候看过《济公》的电视连续剧，对济公“古井运木”的传说故事，依然印象深刻。

当然，张岱给我们叙述了另一个版本，募化修寺的济颠还是那个济颠，只不过神通的方式变了，不是古井运木，而是呕地成金，也是匪夷所思得很了。

无论哪个版本，我们看到的都是一个神化了的济公。他是罗汉转世，有大神通力，虽然疯疯癫癫，但破扇儿一摇，奇迹诞生。

但真实的道济和尚，只是一个出家人。《天台山方外志》载：“济颠禅师，天台人，父李茂春。……母王氏梦吞日光生师。年甫十八，二亲继丧，投灵隐寺出家。”生老病死之苦，想必十八岁的道济已看透了。如当年佛祖一般，他需要去红尘之外，寻一个解答。

在道济成为济颠之前，他或许曾与所有佛门弟子一般，守着戒律清规，循着修行渐次。只是，他质疑这些戒律修行，真能磨砺出本心，还是将本心遮掩得愈发不明呢？

《济颠僧传》中有个有趣的故事，说是道济受坐禅之苦，跑去跟师父瞎堂远禅师抱怨：“坐禅原为明心，这多时，茫茫漠漠，心愈不明；静功指望见性，那几日，昏昏沉沉，性愈难见。”坐禅本是僧人修行的基本方法，但道济就发问，这纹丝不动地坐着，不想不思地静着，真的就能明心见性么？还是在长久的实施中，它成了一种徒有其表的形式？

我们不知道道济是如何破壁而出，后来，他就成了我们熟悉的那个疯疯癫癫、酒肉穿肠的和尚。在威仪森严的佛门，他是个格格不入的异类。据说他因此被灵隐寺扫地出门，幸好，净慈寺还能容他。

清　竹禅法师《济公像》

虽然疯癫，但济颠可能是那个最虔诚的和尚，“俯仰人天心不愧，任他酒色又何妨”“几回欲逐偷香蝶，怎奈禅心似铁坚”。那些个守清规、通佛理，不过是外皮的标榜、名声的招摇，真正的禅心，不正是天真的本性么？真正的修行，不正是奉善度人么？在红尘中跌爬滚打，哪里不平就有他，譬如污浊泥中生出的莲花，佛心不染，足矣。

济公在净慈寺度过了他人生中最长的时光。或许，在许多个晨光熹微的拂晓，他独自走出净慈寺，眼前西湖如鉴，莲花自在，他微微一笑，心领神会。

小蓬莱

小蓬莱在雷峰塔右，宋内侍甘升[1]园也。奇峰如云，古木蓊蔚，理宗常临幸，有御爱松，盖数百年物也。自古称为小蓬莱，石上有宋刻“青云岩”“鳌峰”等字，今为黄贞父[2]先生读书之地，改名“寓林”，题其石为“奔云”。余谓“奔云”得其情，未得其理。石如滇茶[3]一朵，风雨落之，半入泥土，花瓣棱棱，三四层折，人走其中，如蝶入花心，无须不缀。色黝黑如英石[4]，而苔藓之古，如商彝周鼎入土千年，青绿彻骨也。贞父先生为文章宗匠，门人数百人，一时知名士，无不出其门下者。余幼时从大父访先生，先生面黧黑，多髭须，毛颊，河目海口，眉棱鼻梁，张口多笑。交际酬酢，八面应之，耳聆客言，目睹来牍，手答回札，

1 甘升：南宋孝宗时（1162—1189）内侍省押班，受孝宗宠信，气焰煊赫一时，后被孝宗察觉其作奸行贿之事，被废黜而死。

2 黄贞父：黄汝亨，字贞父，号寓庸，仁和（今浙江杭州）人。明代官员，后隐居于西湖南侧南屏山。

3 滇茶：云南出产的山茶花，花朵较大。

4 英石：广东英德县溪中所产的石头，为石灰石的一种，具有“瘦、皱、漏、透”的特征，可垒砌为园林山景或盆景。

口嘱傒奴，杂沓于前，未尝少错。客至，无贵贱，便肉便饭食之，夜与同榻。余一书记往，颇秽恶，先生寝食之无异也。天启丙寅，余至寓林，亭榭倾圮，堂中窆先生遗蜕[5]，不胜人琴之感[6]。今当丁酉，再至其地，墙围俱倒，竟成瓦砾之场。余欲筑室于此，以为东坡先生专祠，往鬻其地，而主人不肯。但林木俱无，苔藓尽剥。"奔云"一石，亦残缺失次，十去其五。数年之后，必鞠为茂草[7]，荡为冷烟矣。菊水[8]桃源，付之一想。

---

5 窆：埋葬。遗蜕：遗体。

6 人琴之感：语出自《世说新语·伤逝》：王徽之来为王献之（子敬）吊丧，"径入坐灵床上，取子敬琴弹，弦既不调，掷地云：'子敬子敬，人琴俱亡。'"后形容悼念亡友之意。

7 鞠为茂草：语出自《诗经·小雅·小弁》"鞠为茂草"。形容杂草塞道、衰败荒芜之景象。

8 菊水：水名，在今河南内乡，据传饮之能延年。

雷峰塔

雷峰者，南屏山之支麓也。穹窿[1]回映，旧名中峰，亦名回峰。宋有雷就者居之，故名雷峰。吴越王于此建塔，始以十三级为准，拟高千尺。后财力不敷，止建七级。古称王妃塔。元末失火，仅存塔心。雷峰夕照，遂为西湖十景之一。曾见李长蘅[2]题画有云："吾友闻子将[3]尝言：'湖上两浮屠，保俶如美人，雷峰如老衲[4]。'予极赏之。辛亥在小筑[5]，与沈方回池上看荷花，辄作一诗，中有句云：'雷峰倚天如醉翁'。严印持[6]见之，跃然曰：'子将老衲不如子醉翁，尤得其情态也。'盖余在湖上山楼，朝夕与雷峰相对，而暮山紫气，此翁颓然其间，尤为醉心。然予诗落句云：'此翁情淡如烟水。'则未尝不以子将老衲之言为宗耳。癸丑十月醉后题。"

---

1 穹窿：地形中间隆起，四周低垂。
2 李长蘅：李流芳，字长蘅，嘉定（今上海嘉定）人，明代诗人、书画家。
3 闻子将：闻启祥，字子将，武林（今浙江杭州）人，明代文士。
4 老衲：老僧。
5 小筑：小筑山居，明末杭州文学社团小筑社的活动场所。
6 严印持：严调御，字印持，武林（今浙江杭州）人，明代文士。

明　宋懋晋《西湖胜迹图·雷峰塔》　天津博物馆藏

“南屏晚钟”碑亭与雷峰塔（老照片　摄于1927年）

世间宝塔众多，西湖边的雷峰塔，则是家喻户晓的。它之所以出名，恐怕与其镇压过的白娘子脱不了干系。

佛家有佛塔之制。昔佛祖灭度，有八王分舍利，各起塔供奉。故佛弟子尊塔如尊佛。古代印度的塔，状如覆钵，曰“窣堵波”。至佛法东传，佛塔也在中土兴起，且糅合中式建筑元素，成楼阁式。

雷峰塔便是一座地地道道的中式佛塔。吴越王钱弘俶笃信佛教，得佛螺髻发舍利，故起宝塔收之，是为雷峰塔。塔原拟十三层，成时为五层，砖石为内心，木构为楼廊，下有地宫，舍利塔藏之。宋宣和时遭损，庆元间重修，塔刹昂立，飞檐高啄，当夕照时，光华烁金，如一翩翩贵公子，在南宋李嵩《西湖图》中可一睹其貌。

这样一座雷峰塔，如何成为镇压白娘子的囚牢呢？

在白蛇故事的南宋版本《西湖三塔记》中，收服白蛇的不是法海和尚，而是来自龙虎山的奚真人，奚真人以符箓招来神将，擒得白蛇等三妖，又以铁罐盛之，安在湖心，再造成三个石塔，镇三妖于湖内。此时，雷峰塔还未与白娘子有什么干系。

令人怀疑的是，道家是无塔之制的。故这位奚真人的石塔恐怕是借了佛家的道具。佛塔，高耸庄严，正气凛然，以之镇妖，不亦宜乎？

奚真人以铁罐收蛇妖，巧的是，佛家里有降龙故事。唐玄奘就曾探访世尊降伏瞿波罗龙之处。在杭州烟霞洞、飞来峰的五代至宋罗汉造像中，有降龙罗汉形象，罗汉手持钵，睥睨恶龙，将降而服之。蛇似龙，不知是否是参拜了降龙罗汉的善男信女，又听了白蛇的故事，两者在脑海中交融，渐渐地，白蛇的收服者由道士变成了和尚，法器由铁罐

雷峰夕照

变成了钵。而钵一覆则为塔，白蛇被镇压于塔下，愈发顺理成章了。

明嘉靖时，倭寇入侵，纵火焚烧了雷峰塔，高塔华饰尽去，只留颓然塔心兀立，衰如老衲。

此时，白蛇故事在民间继续流变，湖中三石塔太小，加之弘治时又被摧毁。而湖畔的雷峰塔，焚却之后，实在像那老僧法海，不知谁的灵光一现，白娘子就被永镇于雷峰塔下，至冯梦龙将该故事整理成文，雷峰塔便从此与白娘子相系了。

白娘子起初不过是一害人蛇妖，但故事流传，她的形象愈发动人可爱，相较之下，那镇压她的雷峰塔愈发可憎起来。故人人盼着它倒掉，好使白娘子再度出世，直到 1924 年的那一天，雷峰塔轰然崩摧。

2001 年，雷峰塔地宫发掘了，当然，其中不可能有什么蛇妖，有的是盛装佛螺髻发舍利塔。在被读故事的人指摘了几百年后，雷峰塔恢复了它的本来面目。

至今，新建的雷峰塔屹立湖畔，金刹炫日，铜铎闻风，翩翩然，又如贵公子了。

雷峰塔地宫出土佛螺髻发舍利塔

包衙庄

西湖之船有楼，实包副使涵所创为之。大小三号，头号置歌筵、储歌童，次载书画，再次偫美人。涵老以声伎非侍妾比，仿石季伦、宋子京[1]家法，都令见客。常靓妆走马，媻姗勃窣[2]，穿柳过之，以为笑乐。明槛绮疏，曼讴[3]其下，擫籥[4]弹筝，声如莺试。客至，则歌僮演剧，队舞鼓吹，无不绝伦。乘兴一出，住必浃旬[5]，观者相逐，问其所之。南园在雷峰塔下，北园在飞来峰下，两地皆石薮[6]。积牒磥砢[7]，无非奇峭，但亦借作溪涧桥梁，不于山上叠山，大有文理。大厅以拱斗抬梁，偷其中间四柱，队舞狮子甚畅。北园作八卦房，园亭如规，分作八格，形如扇面。当其狭处，

1 石季伦：石崇，字季伦，渤海南皮（今河北南皮）人，西晋官员、富豪，曾与王恺等人斗富。宋子京：宋祁，字子京，安州安陆（今湖北安陆）人，北宋官员、词人。曾因生活奢侈被弹劾。

2 媻姗勃窣：缓行摇曳貌。

3 曼讴：轻声歌唱。

4 擫：按捺。籥：管乐器。

5 浃旬：十天。

6 石薮：多石之地。薮：人或物聚集的地方。

7 积牒：积垒。磥砢：众多委积貌。

明　程嘉燧《西湖画舫》　台北故宫博物院藏

横亘一床，帐前后开阖，下里帐则床向外，下外帐则床向内。涵老据其中，扃上开明窗，焚香倚枕，则八床面面皆出。穷奢极欲，老于西湖者二十年。金谷郿坞[8]，着一毫寒闲不得，索性繁华到底，亦杭州人所谓“左右是左右”也。西湖大家何所不有，西子有时亦贮金屋，咄咄书空，则穷措大[9]耳。

8　金谷：西晋石崇于洛阳金谷涧所建园林。郿坞：东汉董卓在长安所建的院邸。

9　穷措大：对贫寒又酸气的读书人的讽称。

南高峰

南高峰在南北诸山之界，羊肠佶屈[1]，松篁葱蒨，非芒鞋布袜，努策支笻[2]，不可陟也。塔居峰顶，晋天福间建，崇宁、乾道两度重修。元季毁。旧七级，今存三级。塔中四望，则东瞰平芜[3]，烟销日出，尽湖中之景。南俯大江，波涛洄洑[4]，舟楫隐见杳霭[5]间。西接岩窦[6]，怪石翔舞，洞穴邃密。其侧有瑞应[7]像，巧若鬼工。北瞩陵阜，陂陁[8]曼延，箭栃[9]丛出，麰[10]麦连云。山椒[11]巨石屹如峨冠者，名先照坛，相传道者镇魔处。峰顶有钵盂潭、颖川泉，大旱不涸，大雨不盈。潭侧有白龙洞。

---

1 羊肠佶屈：羊肠般的小道曲曲折折。
2 努策支笻：用力扶着竹杖。笻，一种竹，宜做手杖。
3 平芜：草木丛生的平旷原野。
4 洄洑：流水湍急回旋。
5 杳霭：幽深渺茫。
6 窦：洞穴。
7 瑞应：古人认为天降祥瑞以应盛世。
8 陂陁：不平坦。
9 箭栃：竹木。
10 麰：大麦。
11 山椒：山顶。

南宋　叶肖岩《西湖十景图·两峰插云》　台北故宫博物院藏

出水乐洞，沿山而上，步入一条石径小道。石径颇为荒寂，杂草蓊郁，老木参天，或曰其侧有千人洞，洞口为灌丛所蔽。石径至尽头分为二，再蜿蜒上行，径旁为茶园。登峰顶，有一亭台，可望江湖。这便是南高峰了。

南高峰虽曰“高峰”，但海拔不过 257 米，北高峰高些，海拔也不过 313 米，只是西湖群山中稍稍拔尖者。“西湖十景”中有“两峰插云”者，“两峰”或指南北高峰，但要说“插云”，则有些名不副实了。

原来南北高峰上皆有塔，南高峰塔为六面七级宝塔，据考古研究，比保俶塔还要大些。塔矗峰巅，当云聚岚起时，遥遥望去，那一簇尖塔如插云里。南宋诗人王洧有《两峰插云》诗为证：“浮图对立晓崔巍，积翠浮空霁霭迷。试向凤凰山上望，南高天近北烟低。”观南宋叶肖岩《西湖十

明　蓝瑛《两峰插云图》　广西壮族自治区博物馆藏

清　董浩《西湖十景图·双峰插云》　浙江省博物馆藏

景图》之《两峰插云》，则明显可见两峰对峙，峰上有塔。此塔及塔院，宋时几番修葺，捐资者不乏福王赵与芮、权相贾似道这样的权贵，故高塔长矗，宋人于西湖舟中、于凤凰山上远眺，皆可一览两峰插云之景。

只是元末时，南高峰塔毁为五级，而此时的塔院香火绝断，对于残塔，也无人修葺。至明万历四十年（1612），塔再遭雷击，仅留三级。至清末民国初年，塔残仅一级。至今，则荡然无存了。

故宋时为人所津津乐道的“两峰插云”，在清代已无复旧观，观清永瑢《西湖十景图》，南高峰塔几不可见，盖为树木所掩。既看不见塔，人们只能臆想“插云”者是南北高峰了，近人钟毓龙在《说杭州》中言：“欲雨未雨之时，四山云幂，而南、北两峰以高故，犹露其巅。”尽管仍可说通，但“露其巅”的山峰终究无法表达宋人曾见的“插云”之势了。

烟霞石屋

由太子湾南折而上为石屋岭。过岭为大仁禅寺，寺左为烟霞石屋。屋高厂虚明[1]，行迤二丈六尺，状如轩榭，可布几筵。洞上周镌罗汉五百十六身。其底邃窄通幽，阴翳杳霭。侧有蝙蝠洞，蝙蝠大者如鸦，挂搭连牵，互衔其尾。粪作奇臭，古庙高梁，多受其累。会稽禹庙亦然。由山椒右旋为新庵，王子安亹[2]、陈章侯洪绶[3]尝读书其中。余往访之，见石如飞来峰，初经洗出，洁不去肤，隽不伤骨，一洗杨髡凿佛之惨。峭壁奇峰，忽露生面[4]，为之大快。建炎间，里人避兵其内，数千人皆获免。岭下有水乐洞，嘉泰间为杨郡王[5]别圃。垒石筑亭，结构精雅。年久芜秽不治，水乐绝响。贾秋壑以厚直得之，命寺僧深求水乐所以兴废者，不得其说。一日，秋壑往游，頫睨[6]旁听，悠然有会，曰：

1 高厂虚明：高大敞亮。

2 王子安亹：王亹，字予安，浙江山阴（今浙江绍兴）人，明末诗人。

3 陈章侯洪绶：陈洪绶，字章侯，号老莲，浙江诸暨人，明末画家。

4 生面：令人耳目一新的局面。

5 杨郡王：杨次山，会稽（今浙江绍兴）人，宋宁宗杨皇后之兄，封会稽郡王。

6 頫睨：俯下身侧耳。

烟霞洞

"谷虚而后能应，水激而后能响，今水潴[7]其中，土壅其外，欲其发响，得乎？"亟命疏壅导潴，有声从洞涧出，节奏自然。二百年胜概，一日始复。乃筑亭，以所得东坡真迹，刻置其上。

7 潴：水积聚。

后晋开运元年（944）石屋洞题记《何景安造像记》拓本
今日石屋洞内造像多为新镌，旧迹难寻，题记石刻亦损毁严重，《武林梵志》称旧时“佛像题名几遍”，然今洞内壁上仅存二十余方，绝大多数的历代造像题记只能从拓本中觅得

初秋，桂花香氛浸透了整条满觉陇，此时若循着桂香而来，在陇口不远处就会遇见石屋洞了。

石屋洞，顾名思义，是一座天然石屋，洞壁高敞若厅堂，且洞中有洞，洞洞相连，是一方奇趣之地。旧时洞前有寺，五代时，虔信者于洞壁上凿佛、菩萨及五百罗汉诸像，仿佛极乐净土。

石屋洞因此名声大振，多有名士郊游来访，并题名刻石。今洞壁上可见北宋熙宁六年（1073）题刻，曰“陈襄、苏颂、孙奕、黄颢、曾孝章、苏轼同游”，犹可想见苏子诸人当年雅兴。只是参与此次石屋洞雅集的陈襄、苏轼皆为王安石新法的反对者，崇宁党祸时，苏轼在杭题刻尽被磨去，此处亦不得免，今存者乃后人补刻。

张岱说，石屋洞侧有蝙蝠洞，今见一窈然黑洞，迫而视之，仍有蝙蝠悬挂其间。玄奘《大唐西域记》中曾载有五百蝙蝠因听诵佛经而被火烧死，后转生为人，得正果成五百罗汉。此洞蝙蝠或有佛缘，亦未可知。

出石屋洞，继续在桂香里沿着满觉陇而上约千步，则是水乐洞。此洞幽邃绵长，洞口有清泉淌出。摸索入洞内，阴气逼人，仿佛有不测。惊心骇魂时，静而聆之，却有水声淙淙，如有人鸣琴击磬，真是庄子所谓天籁之音，心神随之跃动，妙不可言。

水乐洞的妙音是水与岩石的一场独特合奏。此洞所在的烟霞岭这座山多石灰岩，在流水日复一日的侵蚀中形成洞穴。洞中，虽然不见泉流，但流水在岩石深处潺湲，那水声在洞穴中回荡，叮咚悦耳，有若金石之声，特别是在雨后，石下的泉流激湍，那水乐声也便愈发动人了。

清 《禹航胜迹图册·水乐洞》 杭州西湖博物馆藏

古来此处便是雅集之所，聆听了这天籁的雅士们留下了“天然琴声”“听无弦琴”的赞语，不知是否有琴师应着这泉水，协奏一曲《流水》呢？

水乐洞再往上，则是烟霞洞。据说因此地烟岚弥漫，散作云霞，故名，至今洞口立有清光绪二十二年（1896）的石碑曰“烟霞此地多”，便为此说一证。这是西湖周围最古老的洞壑，当千万年流水功夫凿出这座洞天福地后，便把想象力交给了人类。大致与石屋洞同时，虔诚者也在烟霞洞内凿龛造像，陆陆续续，使这里成为佛国。

洞口相对是两尊北宋菩萨像，东壁的杨柳观音，头戴化佛宝冠，身萦瓔珞，右手执杨柳枝，左手握宝瓶，西壁的白衣观音，头戴化佛宝冠，身披大帔，双手交叠，手执念珠。这两尊菩萨像，雍容优雅，慈善和蔼，仿佛在接引着众生，进入佛境。

进了洞中，则两侧壁上有五代十六罗汉像，或禅坐冥想，或腾挪踏云，或降服猛虎，或震慑蛟龙，或喜或嗔或怒，以守护佛法，惊醒世人。

烟霞洞内幽湿，流水依旧在日复一日地侵蚀着岩石，而千年过去后，洞中的雕凿依然清晰。当年的建造者匠心独具地依洞岩形势凿出石龛，让流水沿龛缘而滴下，不去消磨造像。于是，自然的破坏力和人的维持力，在这小小洞内维系着微妙的平衡。

或许人类所有的造物，都在这微妙的平衡上吧。

高丽寺

高丽寺本名慧因寺，后唐天成二年，吴越钱武肃王建也。宋元丰八年，高丽国王子僧统义天[1]入贡，因请净源法师学贤首教[2]。元祐二年，以金书汉译《华严经》三百部入寺，施金建华严大阁，藏塔以尊崇之。元祐四年，统义天以祭奠净源为名，兼进金塔二座。杭州刺史苏轼疏言："外夷不可使屡入中国，以疏边防，金塔宜却弗受。"神宗从之。元延祐四年，高丽沈王奉诏进香幡经于此。至正末毁，洪武初重葺，俗称高丽寺。础石精工，藏轮[3]宏丽，两山[4]所无。万历间，僧如通重修。余少时从先宜人至寺烧香，出钱三百，命舆人推转轮藏，轮转呀呀，如鼓吹初作。后旋转熟滑，藏转如飞，推者莫及。

---

1 义天：俗名王煦，高丽文宗第四子，出家后被封为"世僧统"。

2 净源：俗姓杨，字伯长，泉州晋江（今福建晋江）人，北宋贤首宗九祖。贤首教：即华严宗，以《华严经》为主要经典，因创始人法藏被武则天赐号"贤首"，故又称贤首宗。

3 藏轮：轮藏之轮，放置佛经的旋转书架。

4 两山：南高峰与北高峰。

明　孙枝《西湖纪胜图·高丽寺》　宁波天一阁博物馆藏

慧因高丽寺隐于西湖以西的山皋之间，如今，是一等赏花佳处，春时，郁金香、洋水仙、风信子次第开放，如锦似绣。寺中有国内第一高轮藏。轮藏者，藏经之轮，似藏地之转经筒，然规模大大胜之。轮藏之制，宋时江南寺院多有，今已无闻，传信心者推之一匝，则与看读同功。高丽寺乃依宋制重建，故有轮藏。张岱曾言幼时至高丽寺烧香推转轮藏，今观之，可知旧事。

高丽寺既名“高丽”，因其与高丽有缘。朝鲜半岛的佛法由中土传入，开花散叶，蔚然而兴。历朝来中土求法问道者，不绝如缕。昔唐玄奘法师座下高足圆测、神昉，即为新罗人，参与译经多部，备受器重。又有新罗王族金乔觉入九华山苦修，被后人尊为地藏菩萨应身。至王氏高丽朝，以佛教为国教，多有王族出家为僧者，义天即为其翘楚。

义天为高丽文宗第四子，十一岁出家，博览强记，学问不息。慕中土佛学之盛，特别钦佩杭州慧因寺净源法师的佛学造诣，并与之书信往来，抒入宋求法意。但海路艰险，烟涛微茫，高丽国王不允其行。于是，元丰八年（1085）四月的一天夜里，义天趁宣宗出巡之时，夜留书告辞，便携侍者乘船驶入了茫茫大海。在海上漂流二十四日后，义天踏上了宋朝的土地。

入宋后，义天至东京拜谒哲宗，并上表请往杭州华严座主净源法师门下。九月，这对异国师徒终于因缘相会，此时的净源法师，已经是七十四岁的古稀老人了，仿佛当年那烂陀的戒贤法师等待玄奘那样，他也在暮年等来了这位异国的有缘人。二人“诚投道应，如芥就针，有问有答，尽其春容”（《高丽国五冠山大华严灵通寺赠谥大觉国师碑铭并序》）。

此时的浙江为东南佛国，伽蓝林立，梵宇声闻，诸宗并兴，大德辈出。义天于此访道问学，于华严宗、天台宗、律宗、禅宗皆有所得。只是国中以母忧相召，不得已，义天将归国。临行前，他再度来到慧因寺拜谒净源法师，法师以手炉相赠，传法之意，不言而喻。

元祐元年（1086），义天归国后，住持兴王寺，大力弘法，《仙凤寺大觉国师碑》曰："国师自宋还国，然后诸宗之教各得其正。"而在此岸，净源法师却走到了此生的尽头，元祐三年（1088），法师圆寂。

闻讯后的义天，派弟子来杭州祭奠，并求净源法师舍利归国供奉。

在慧因寺，义天来华时捐华严经典多部，其中多有二次法难中失传者，并建华严阁以藏之。因为这段与高丽王子的因缘，慧因寺也被人们叫作高丽寺。

高丽寺湮灭于沧桑中，如今新寺为近年重建。其中有专室陈列中土与朝鲜半岛的佛学来往事迹，又有义天堂奉义天法师铜像，可为后人一念。

法相寺

法相寺俗称长耳相。后唐时有僧法真，有异相，耳长九寸，上过于顶，下可结颐[1]，号长耳和尚。天成二年，自天台国清寒岩来游，钱武肃王待以宾礼，居法相院。至宋乾祐四年正月六日，无疾，坐方丈，集徒众，沐浴，趺跏[2]而逝。弟子辈漆其真身，供佛龛，谓是定光佛[3]后身。妇女祈求子嗣者，悬幡设供无虚日。以此法相名著一时。寺后有锡杖泉，水盆活石，僧厨香洁，斋供精良。寺前茭白笋，其嫩如玉，其香如兰，入口甘芳，天下无比。然须在新秋八月，余时不能也。

---

1 颐：下巴。

2 趺跏：佛教徒一种盘腿而坐的坐姿。

3 定光佛：即燃灯佛。佛教认为是在过去庄严劫中出世的佛，曾为释迦牟尼佛授记。

明　孙枝《西湖纪胜图·法相寺》　宁波天一阁博物馆藏

于坟

于坟，于少保公以再造功，受冤身死，被刑之日，阴霾翳天，行路踊叹。夫人流山海关，梦公曰："吾形殊而魂不乱，独目无光明，借汝眼光见形于皇帝。"翌日，夫人丧其明。会奉天门灾，英庙[1]临视，公形见火光中。上悯然念其忠，乃诏贷[2]夫人归。又梦公还眼光，目复明也。公遗骸，都督陈逵密嘱瘗藏。继子冕[3]请葬钱塘祖茔，得旨奉葬于此。成化二年，廷议始白。上遣行人马暶谕祭[4]。其词略曰："当国家之多难，保社稷以无虞；惟公道以自持，为权奸之所害。先帝已知其枉，而朕心实怜其忠。"弘治七年，赐谥曰"肃愍"，建祠曰"旌功"。万历十八年，改谥"忠肃"。四十二年，御使杨鹤[5]为公增廓祠宇，庙貌巍焕，属云间陈继儒作碑记之。碑曰："大抵忠臣为国，

1 英庙：明英宗（1457—1464）。

2 贷：赦免。

3 子冕：于冕，字景瞻，浙江杭州人，于谦子，后官至应天府尹。

4 行人：明代有行人司，掌传旨、册封等事。 马暶：字季明，浙江平湖人，明代官员。谕祭：天子下旨祭臣下。

5 杨鹤：字修龄，湖广武陵（今湖南常德）人，明代官员，官至兵部右侍郎。

于谦墓（老照片）

不惜死，亦不惜名。不惜死，然后有豪杰之敢；不惜名，然后有圣贤之闷。黄河之排山倒海，是其敢也；即能伏流地中万三千里，又能千里一曲，是其闷也。昔者土木之变，裕陵北狩[6]，公痛哭抗疏，止南迁之议，召勤王之师。卤[7]拥帝至大同，至宣府，至京城下，皆登城谢曰：‘赖天地宗社之灵，国有君矣。’此一见《左传》：楚人伏兵车，执宋公以伐宋。公子目夷令宋人应之曰：赖‘社稷之灵，

6 裕陵北狩：明英宗被瓦剌所俘虏的委婉说法。

7 卤：通“虏”，指瓦剌军。

国已有君矣。’楚人知虽执宋公，犹不得宋国，于是释宋公。又一见《廉颇传》：秦王逼赵王会渑池。廉颇送至境曰：‘王行，度道里会遇礼毕还，不过三十日，不还，则请立太子为王，以绝秦望[8]。’又再见《王旦传》：契丹犯边，帝幸澶州。旦曰：‘十日之内，未有捷报，当何如？’帝默然良久，曰：‘立皇太子。’三者，公读书得力处也。由前言之，公为宋之目夷；由后言之，公不为廉颇、旦，何也？呜呼！茂陵[9]之立而复废，废而后当立，谁不知之？公之识，岂出王直、李侃、朱英下[10]？又岂出钟同、章纶下[11]？盖公相时度势，有不当言者，有不必言者。当裕陵在卤，茂陵在储，拒父则卫辄[12]，迎父则高宗[13]，战不可，和不可，无一而可。为制卤地，此不当

8　秦望：秦人的念想。

9　茂陵：明英宗之子明宪宗朱见深。

10　王直：字行俭，江西泰和人，明代名臣，官至吏部尚书，明代宗时，王直曾力主迎明英宗归。李侃：字希正，东安人，明代官员，官至右佥都御史。朱英：字时杰，湖广桂阳（今湖南汝城）人，明代官员，官至右都御史。明代宗时，朝廷曾商议更易储君，即废去明英宗子太子位，李侃、朱英表示反对。

11　钟同：字世京，江西永丰（今江西吉安）人，明代官员，官至御史。章纶：字大经，浙江乐清人，明代官员，官至礼部郎中。明代宗时，钟同、章纶上书请恢复明英宗子朱见深的太子位，被下狱。

12　卫辄：卫出公，为卫灵公之孙，蒯聩之子。蒯聩与卫灵公夫人南子交恶，被卫灵公逐出。卫灵公死后，卫辄被立为君。孔悝立蒯聩为君，卫辄即出奔。

13　高宗：宋高宗赵构，其父宋徽宗被金人所掳。

言也。裕陵既返，见济薨，郕王病，天人攸归[14]，非裕陵而谁？又非茂陵而谁？明率百官，朝请复辟，直以遵晦待时[15]耳，此不必言也。若徐有贞、曹、石夺门之举[16]，乃变局，非正局；乃劫局，非迟局；乃纵横家局，非社稷大臣局也。或曰：盍去诸？呜呼！公何可去也。公在则裕陵安，而茂陵亦安。若公诤之，而公去之，则南宫之锢，不将烛影斧声[17]乎？东宫之废后，不将宋之德昭[18]乎？公虽欲调郕王之兄弟，而实密护吾君之父子，乃知回銮[19]，公功；其他日得以复辟，公功也；复储亦公功也。人能见所见，而不能见所不见。能见者，豪杰之敢；不能见者，圣贤之闷。敢于任死，而闷于暴君，公真古大臣之用心也哉！”公祠既盛，而四方之祈梦至者接踵，而答如响。

14 天人攸归：天命人心所归。

15 遵晦待时：韬光养晦，以待时机。

16 徐有贞：初名珵，字元玉，南直吴县（今江苏苏州）人，明代官员。石亨：陕西渭南人，明代将领。曹吉祥：永平滦州（今河北滦县）人，明代宦官。徐有贞曾与曹吉祥、石亨策划夺门之变，使明英宗复辟。明英宗复辟后，三人皆得高位，后因飞扬跋扈而被贬被杀。

17 烛影斧声：指宋太宗杀宋太祖夺位的疑案。

18 宋之德昭：宋太祖次子赵德昭，因被宋太宗训斥，遂自杀。

19 回銮：帝王的銮驾回来。

我在杭州定居后，首先要去的就是于谦祠。那是八月，暑日尚毒。我沿着三台山路、浴鹄湾，一路走去，寻找这位英雄的安息处。

世人为名累，为利累，劳劳碌碌，不知所终。而在于谦面前，我这卑微的人才能超越日常的琐碎桎梏，去思考我是谁，我究竟要做什么。

于谦是这样的明白人，他在一生中，明白自己是谁，自己究竟要做什么。于谦会试时是会元，殿试时却“以策语伤时”，得三甲第九十二名。他可以不说那样的话吗？那样他就可能是状元，是榜眼探花？但言不由衷的不是他！宦官王振得势，百官大臣争相献媚，而他却只对之两袖清风。他可以低一次头，装出一张笑脸吗？但谄言媚笑的不是他！土木惊变，英宗被俘，他毅然拥立新君，以抗强敌。他可以不出头，人云亦云，不要担当这拥立的大事吗？但置国家安危于不顾，只顾个人身家名声的不是他！这便是他，正言不讳、刚正不阿、清廉不贪、临危不惧、任事不辞，这些圣贤书中的教诲，有多少人只将它挂在口头上，可他却留在了心里，坚持在人生的每一段跌宕起伏中。这就是他！一个简简单单、清清白白的人。他无所谓声名显赫，无所谓高官厚禄，无所谓避危逃难，无所谓明哲保身。

但是这样的他，是个悲剧吗？一身而安社稷，却落得个身首异处？他是个悲剧吗？不懂权变，不懂皇帝的阴暗心理，他也许懂，但他更知道自己的责任，并且去坚持之。

在他倒下去的那一刻，他知道历史将如何叙说他吗？是一个保家卫国的英雄，抑或一个藐视先皇的篡权谋反者？太史简、董狐笔，历史曾经是多少人的最后希望。但是，在权力日益膨胀、道义日益萎缩的时代，谁能知晓自己的一生将被怎样的墨迹涂抹？无所谓了。他只知道，自己不负苍天，不负苍生，他只知道，自己不愧自己的这颗心，便是了。他微笑地，等待那致命一刻的来临。

于谦死后，其养子扶柩归葬杭州。明宪宗时，于谦平反；明孝宗弘治二年（1489），诏令在于谦墓建旌功祠，表彰于谦的忠义，便是今天的于谦祠。

后来，民间流传，在于谦祠祈梦最灵，于是，四方接踵而来，翟灏《湖山便览》称，祠东曾设梦兆司像，每年八月，祈梦者比比皆是。现在于谦祠旁还有祈梦殿。我尤其爱祈梦殿的对联，道是“问汝何来，欲圆何梦；徇吾所历，必应所求”。

人人皆想心想事成、好梦得圆，只是遵循于谦的足迹，太难太难了。于谦身后，不到两百年，明朝亡。

世上再无于谦。

清　钱维城《御制龙井八咏诗图册·过溪亭》　台北故宫博物院藏

风篁岭

风篁岭多苍筤筱簜[1]，风韵凄清，至此林壑深沈，迥出尘表。流淙活活，自龙井而下，四时不绝。岭故丛薄荒密，元丰中，僧辨才淬治洁楚[2]，名曰“风篁岭”。苏子瞻访辨才于龙井，送至岭上，左右惊曰：“远公过虎溪矣。”辨才笑曰：“杜子有云：与子成二老，来往亦风流。”遂造亭岭上，名曰“过溪”，亦曰“二老”。子瞻记之，诗云：“日月转双毂[3]，古今同一邱。惟此鹤骨老，凛然不知秋。去住两无碍，人土争挽留。去如龙出水，雷雨卷潭湫。来如珠还浦[4]，鱼鳖争骈头。此生暂寄寓，常恐名实浮。我比陶令愧，师为远公优。送我过虎溪，溪水当逆流。聊使此山人，永记二老游。”

---

1 苍筤：青色的竹。筱：小竹。簜：大竹。

2 淬治洁楚：辛苦整治，清除灌木杂草。

3 毂：原指车轮中心的原木，借指车轮或车。

4 珠还浦：据传，汉代广西合浦出产珍珠，为官此地多搜刮盘剥，珍珠产量大为减少。孟尝为合浦太守时，力革弊政，禁止滥捕，此地又盛产珍珠了，故有“合浦还珠”的典故。

明　宋懋晋《西湖胜迹图·龙井》　天津博物馆藏

龙井

南山上下有两龙井。上为老龙井，一泓寒碧，清冽异常，弃之丛薄间，无有过而问之者。其地产茶，遂为两山绝品。再上为天门，可通三竺[1]。南为九溪，路通徐村，水出江干。其西为十八涧，路通月轮山，水出六和塔下。龙井本名延恩衍庆寺。唐乾祐二年，居民募缘[2]改造为报国看经院。宋熙宁中，改寿圣院，东坡书额。绍兴三十一年，改广福院。淳祐六年，改龙井寺。元丰二年，辩才师自天竺归老于此，不复出，与苏子瞻、赵阅道友善。后人建三贤阁祀之，岁久寺圮。万历二十三年，司礼孙公重修，构亭轩，筑桥，锹浴龙池，创霖雨阁，焕然一新，游人骈集。

1　三竺：指灵隐西南的上天竺法喜寺、中天竺法净寺、下天竺法镜寺。
2　募缘：募款。

品茶者，无不知龙井，盖其香郁甘醇，为绿茶第一，清乾隆帝为之着迷，风靡之势，至今仍然。

清明前后时节，入湖西，初则林木婀娜，至双峰，豁然开朗，低岭高丘，莫不绿意荡漾，采茶人于畦间采摘正忙。再至龙井村，则农家茶室鳞次栉比，户户飘出馥郁的炒茶香，“买茶么？喝茶么？”招徕声盈耳。若步入一家，花间坐定，待主人家奉上洁净杯盏，捉少许鲜绿新茶于杯间，开水冲之，则茶芽翻滚，嫩叶舒展，似精灵一般。徐徐啜之，口齿噙香，心魂如醉。

品茗毕，不如再去寻龙井源头。穿龙井村再往西，为老龙井，有所谓乾隆皇帝所封十八棵御茶。再往前，为宋广福院残壁，有宋梅一株，传为辩才禅师手植，至今叶茂。老龙井泉居其侧，石龙头犹缓缓出水，石壁苔间，隐隐有“老龙井”三字，据称是东坡旧迹。

茶与禅有缘。禅师坐禅不食不眠，唯许饮茶，故禅寺多植茶。灵隐、天竺一带禅林兴盛，茶亦知名，《咸淳临安志》载岁贡之茶，有“钱塘宝云庵产者名宝云茶，下天竺香林洞产者名香林茶，上天竺白云峰产者名白云茶”，皆梵宇所种名茶。宋元丰二年（1079），辩才禅师自天竺归老于龙井寿圣院，始于风篁岭上植茶。辩才禅师与当时名士多有交往，客至，则待之以茶。有“铁面御史”之称的赵抃曾访辩才，同登龙泓亭，辩才烹小龙团，赵抃为之作诗云：“珍重老师迎意厚，龙泓亭上点龙茶。”这里的龙茶便是辩才种植的龙井茶。

至于苏轼，更是辩才的槛内知己。苏轼多次来龙井相访，二人晤言甚欢，辩才送之归时，甚至忘了自己送客不过虎溪的规矩，遂传为

"老龙井"题刻

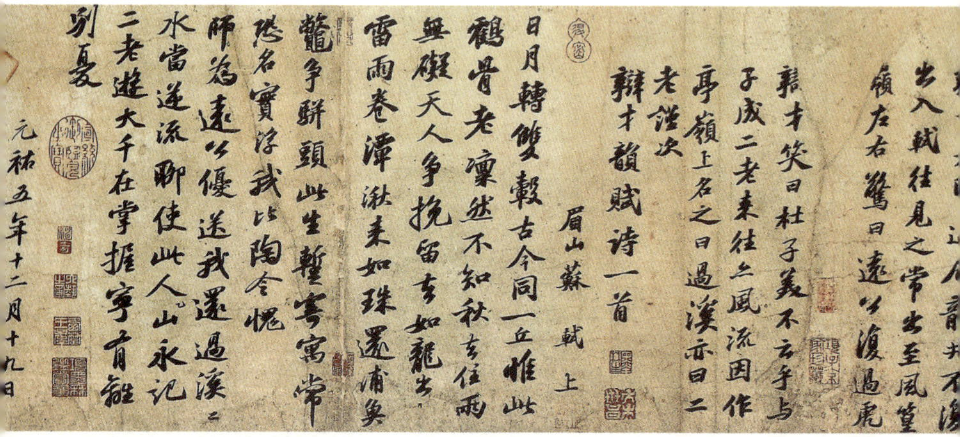

北宋　苏轼《次辩才韵诗帖》　台北故宫博物院藏

美谈。苏轼是好茗者，有“从来佳茗似佳人”（《次韵曹辅寄壑源试焙新芽》）之句。故每至，辩才必出佳茗，“煮茗款道论，奠爵致龙优”（《龙井新亭初成呈府帅苏翰林诗》）。有高僧名士风流如此，龙井茶声名渐隆。

至今老龙井之上，有辩才禅师塔，塔重檐四面，苏轼之弟苏辙撰塔铭。塔旁，有苏轼与辩才二人对坐晤谈像，苏子神采飞扬，辩才含笑微颔，座前，有方壶一只，小盏二枚。想其人其事，千载之后，犹有余香。

一片云

神运石在龙井寺中，高六尺许，奇怪突兀，特立檐下。有木香[1]一架，穿绕窍窦，蟠若龙蛇。正统十三年，中贵李德[2]驻龙井。天旱，令力士淘之。初得铁牌二十四、玉佛一座、金银一锭，凿大宋元丰年号。后得此石，以八十人舁起之。上有“神运”二字，旁多款识，漶漫[3]不可读，不知何代所镌，大约皆投龙以祈雨者也。风篁岭上有一片云石，高可丈许，青润玲珑，巧若镂刻。松磴[4]盘屈，草莽间有石洞，堆砌工致巉岩。石后有片云亭，为司礼孙公所构，设石棋枰于前，上镌“兴来临水敲残月，谈罢吟风倚片云”之句。游人倚徙，不忍遽去。

1　木香：一种菊科植物，又名蜜香。

2　中贵：中官、宦官。李德：宦官，明英宗正统（1436—1449）、代宗景泰年间（1450—1456）曾任浙江镇守。

3　漶漫：模糊不清。

4　松磴：植有松树的坂道。

龍井
鳥語泉聲

龙井茶妙绝，迨因佳山水滋养之。

龙井山基本为砂岩质，因海浸时留下石灰岩层，岩溶为窍，水流其中，出而为泉，故有龙井泉。以“龙”名井，因旧时人称井下或通至东海，祈雨则龙王应之。龙井泉有新老之分，老龙井在上，为辩才、苏轼当年取水烹茗之处，新龙井在下，明正统三年（1438），龙井寺移至此，也成名胜。

通往龙井寺的山径，林木蓊郁，空气里弥漫着清新的湿润。径之尽头，则为一亭，曰“江湖一勺”，亭下有一勺池水，太湖石垒成岸，池中有金鱼数尾，俯仰其间，自在适意。寻觅池水的来源，则觅得方池二，再觅，只听得泉水在脚下石罅中叮咚有声，循之，见一雕栏围成的圆池，有泉涌出，清冽如许，便是新龙井了。井旁湖石交叠，苔草生之，有“龙井试茗”“小沧浪”“鸟语泉声”之铭，又有古樟参天，如盖的绿荫相为庇翼。而于井旁闭目静静聆听，泉声潺湲，鸟语嘤咛，真清净世界。

泉美如此，石亦奇绝。亭下有一石，铭之曰“神运石”，即张岱曾见。侧而观之，石被劈为两三片，嶙峋突兀如怪僧。又有一石门，全然以太湖石叠成，嵯峨可观，人可穿行其中，颇有趣，不知可是张岱说的“堆砌工致巉岩”的石洞否？至于石棋枰，依然在树下，其实为一磐石，其上纵横刻出棋盘模样，旁有两小石可供人坐。若遇仙人在这石棋枰上对弈一局，不知世上几番沧桑过去了。

此地多古树，樟榆之属，粗壮如巨龙，葛藟萦之，相纠缠不知几百年矣。

九溪十八涧

九溪在烟霞岭西，龙井山南。其水屈曲洄环，九折而出，故称九溪。其地径路崎岖，草木蔚秀，人烟旷绝，幽阒静悄，别有天地，自非人间。溪下为十八涧，地故深邃，即缁流非遗世绝俗者，不能久居。按志，涧内有李岩寺、宋阳和王梅园、梅花径等迹，今都湮没无存。而地复辽远，僻处江干[1]，老于西湖者[2]，各各胜地，寻讨[3]无遗，问及九溪十八涧，皆茫然不能置对。

1 江干：江畔。

2 老于西湖者：对西湖非常熟悉的人。

3 寻讨：寻访。

九溪鹤涧亭（老照片）

夏日，当杭城被酷暑煎熬时，去九溪，会是一个不错的选择。

出了城，沿着之江路前行，看到环形的九溪公交站下来，再往那条山谷的青翠浓重处行去，渐渐地，让自己被绿荫碧色重重包裹，脚边响起了清溪的叮咚声，立感身心如洗，神清气爽。

张岱说得没错，这里“别有天地，自非人间”。

九溪十八涧，顾名思义，这里有溪水，有山涧。水，来自龙井山和杨梅岭，那曾亲吻过嫩绿茶芽的水，滴落于树下，渗入山里，在无数幽暗的缝隙中游走后，探出头来，然后在绿意盎然的山间欢快跳跃，仿佛灵动的手指拨动琴弦。大弦嘈嘈，小弦切切，在这绿树青山所营造的音乐大厅里，这嘈嘈切切的琴声，将九溪映衬得格外灵动。

山涧汇成溪水，它们画出了九溪十八涧的掌纹。我等凡人，便在这巨掌上，且恣意快活。或跳过一条翡翠似的山涧，或掬起一把水晶般的清泉，或戏弄水中的细鱼，或濡湿岸边的绿草，玩得仿佛一个顽童。

有此玩兴的恐怕非我一人。清代学者俞樾五十三岁时，在进了九溪十八涧后，也禁不住这欢快之水的诱惑，下了轿舆，与友人“履石渡水者数次”，他自谓平日在城中走不了半里，而在九溪山水间竟然走了三里多，可知其乐而忘却疲惫了。此行间，俞樾还做了首小诗，道是“重重叠叠山，曲曲环环路，丁丁东东泉，高高下下树”，显然还应着溪流的节奏，琅琅可爱了。

不过在张岱，甚至俞樾的时代，九溪十八涧虽然是个佳处，却罕有人知。大抵一般游人，于西湖边游上一遭，便可打道回府。九溪十八涧僻处江边，要去一趟并不便捷，因此人迹稀少，是个幽阒之地。正因如此，它对于不辞辛劳前来者，便是个独特的惊喜了。这里的山林幽雅，草木蔚秀，曲水回环，俏鸟嘤鸣，目光所及、耳闻所至，仿佛尽入幽人怀抱，此间乐，当自得于心。难怪俞樾称其为“西湖最胜处”。

如今的九溪，已非从前那般僻静，以车代步，游人亦络绎不绝，池边溪里，戏水者比比皆是。这时，要体会幽人之感，恐怕就得入深林更深处了。

卷五　西湖外景

谭建丞《西溪秋雪图》

西溪

粟山高六十二丈，周回十八里二百步。山下有石人岭，峭拔凝立，形如人状，双髻耸然。过岭为西溪，居民数百家，聚为村市。相传宋南渡时，高宗初至武林，以其地丰厚，欲都之。后得凤凰山，乃云："西溪且留下。"后人遂以名。地甚幽僻，多古梅，梅格[1]短小，屈曲槎枒[2]，大似黄山松。好事者至其地，买得极小者，列之盆池，以作小景。其地有秋雪庵，一片芦花，明月映之，白如积雪，大是奇景。余谓西湖真江南锦绣之地，入其中者，目厌[3]绮丽，耳厌笙歌，欲寻深溪盘谷，可以避世如桃源、菊水[4]者，当以西溪为最。余友江道闇[5]有精舍在西溪，招余同隐。余以鹿鹿[6]风尘，未能赴之，至今犹有遗恨。

---

1 格：体格。
2 槎枒：呈叉状的树枝。
3 厌：餍足。
4 菊水：水名，在河南内乡，传说饮其水可长寿。
5 江道闇：江浩，字道闇，钱塘（今浙江杭州）人，明亡后剃发为僧，更名智宏。
6 鹿鹿：通"碌碌"。

去西溪，有两个佳时节，一是秋芦雪中，一是梅花梦里。

在深深的秋日，乘一小舟，渐渐入西溪。水道盘回曲折，两岸扑面而来的是絮絮如雪的芦花，绵延如海浪起伏。溯洄从之，百折千回，相看不厌。待风起，花雪漫天纷飞，真如缤纷世界。船至秋雪庵，上岸，四下观望，见苍茫满目，心有所感，但言无佳句，不要紧，去两浙词人祠中多多拜见历代词宗，或许能梦中得生花妙笔也未可知。

在早早的春时，信步入田园深处，走过小径与小桥，走过飘着细丝的柳、冒着嫩芽的芦荻，偶见有几株老梅，在路旁屋下，枝丫屈曲如铁，枝头却绽着甚轻薄的粉红花瓣。这样的佳时节，要多来西溪，每次来，见梅从零星骨朵，到两三初绽，到怒放如云，再到零落成雨，见过它的朝暮生死，梦里梦断，这个春天才可放过。

若没有遇到这样的佳时节，也不要紧。携一本闲书，去泊庵里，在临水小轩里坐上半日。看书累了，就望望池水，发发呆。直到日头西斜，不得已，才离去，算是偷得浮生半日闲了。

我赞成张岱的说法，江南锦绣，日日笙歌，让人久而生厌，而西溪这般的深溪盘谷，如一道山野时蔬，正好清清耳目。但是我觉得，游西溪者，需是闲人，而非游客，否则如此旷疏景色，恐怕会让到此一游者失望。幸好游客多在福堤、河渚街一带流连，偶有入西溪者，也散落在芦花丛间，消失不见。渺小如我，往往可在此觅得一方清净，暂时过把隐居的瘾，也是妙极。

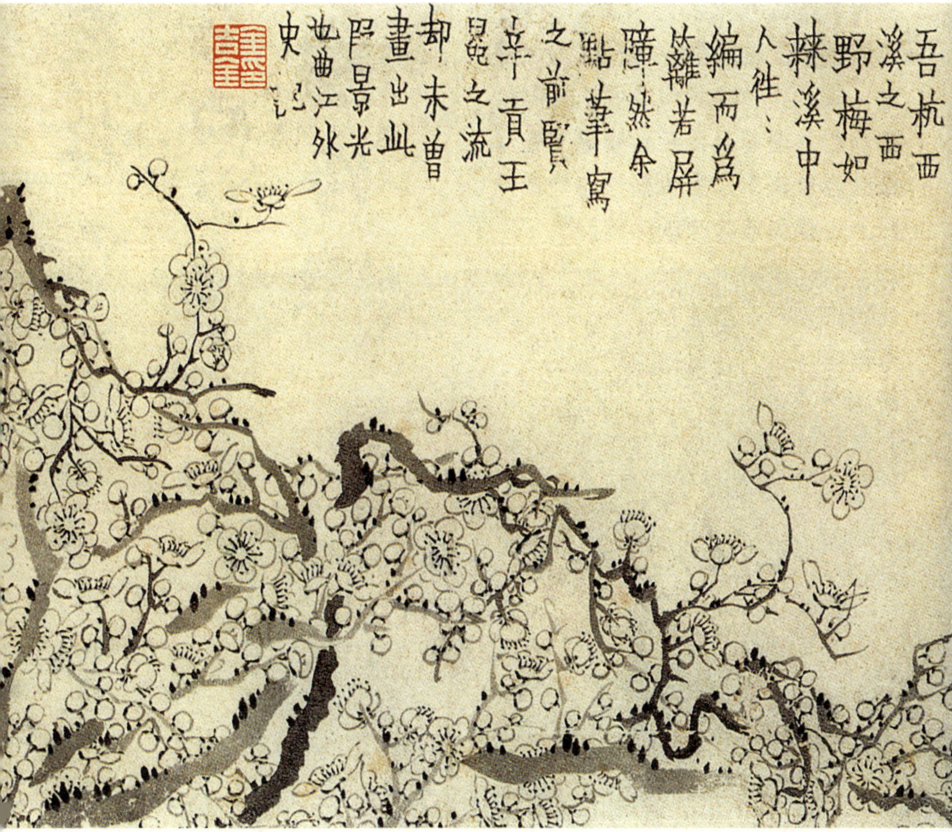
吾杭西
溪之西
野梅如
棘溪中
人往々
編而為
籬若屏
障然余
點筆寫
之前賢
辛貢王
冕之流
卻未曾
畫出此
邨景光
也曲江外
史記

清　金农《西溪梅花》

虎跑泉

虎跑寺本名定慧寺，唐元和十四年性空师[1]所建。宪宗赐号曰广福院。大中八年改大慈寺，僖宗乾符三年加“定慧”二字。宋末毁。元大德七年重建。又毁。明正德十四年，宝掌禅师重建。嘉靖十九年又毁。二十四年，山西僧永果再造。今人皆以泉名其寺云。先是，性空师为蒲坂卢氏子，得法于百丈海[2]，来游此山，乐其灵气郁盘[3]，栖禅其中。苦于无水，意欲他徙。梦神人语曰：“师毋患水，南岳有童子泉，当遣二虎驱来。”翼日[4]，果见二虎跑地出泉，清香甘冽。大师遂留。明洪武十一年，学士宋濂[5]朝京，道山下。主僧邀濂观泉，寺僧披衣同举梵咒，泉觱沸[6]而出，空中雪舞。濂心异之，为作铭以记。城中好事者取以烹茶，日去千担。寺中有调水符，取以为验。

---

1 性空师：俗姓卢，法号寰中，河东蒲阪（今山西永济）人，唐代高僧，追谥“性空大师”。

2 百丈海：俗姓王，法号怀海，福州长乐（今福建长乐）人，唐代高僧，因驻锡洪州百丈岩（今江西奉新），故称“百丈怀海”。

3 郁盘：盘结横据。

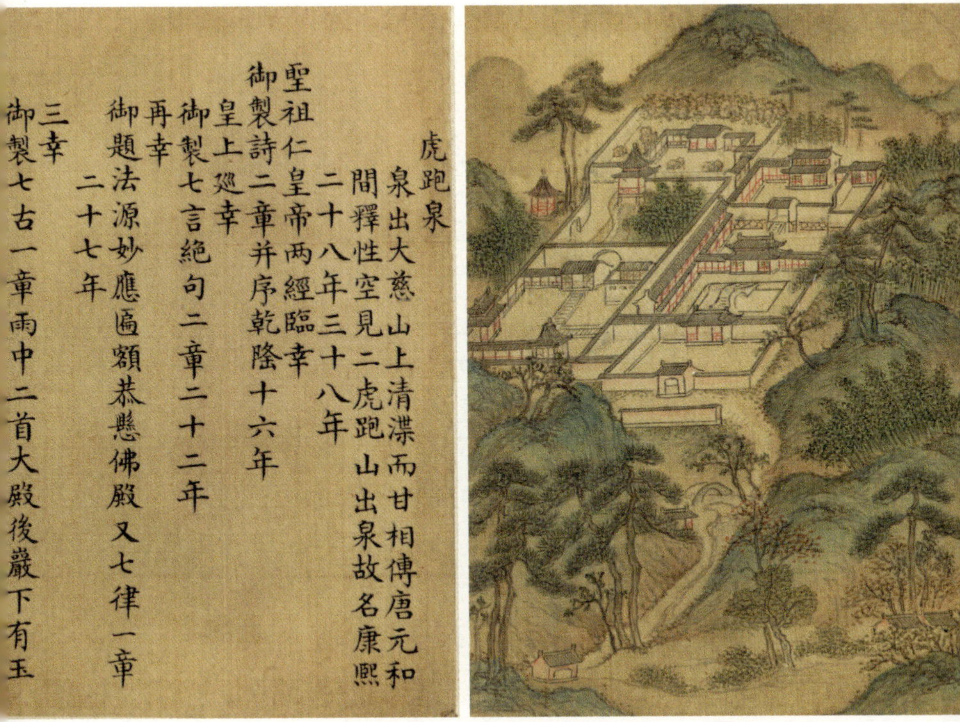

清 《禹航胜迹图册·虎跑泉》 杭州西湖博物馆藏

4 巽日：通“翌日”，第二天。

5 宋濂：字景濂，浙江浦江人。明代名臣，官至翰林学士承旨知制诰，被誉为“开国文臣之首”。

6 觱沸：泉水涌出貌。

虎跑寺（老照片）

溪水在山脚下迎接我，一树树水杉站在水中。我走上前去。石径也是潮湿的，空气中弥漫着山林的悠远。虽然有游人来来往往，大喇叭声着实聒噪，但是鸟鸣声仍然如雨般点滴泻下，在小小的池塘中泛出涟漪。

这里就是虎跑了。一路上行，偶见有石马石羊落在路旁，想是过去山门的遗物。一路上山，泉水在脚边，时而奔为流，时而聚为池，时而又隐匿不现。

泉水出山去，而人入山来。

入山的人里面，有一个是他。

我在弘一法师纪念馆中见到了他，不，我没有见到他，因他早已闲云化去，只是留下那曲、那诗、那翰墨之势、那金石之铭，那段传奇，那段心史，那“华枝春满，天心月圆”的美好，在这他早已忘情的世间，让吾辈不能忘情者，去瞻仰，去缅怀。

在为情所困、心烦虑乱的时候，我就来寻他。在弘一法师舍利塔前坐下来，开始读《金刚经》，词句在竹篁间缥缈，有多少落入我这俗念堆积的心中？我不知道。

太上忘情，最下不及情，情之所钟，正在吾辈。这是幸运，还是不幸？情，纠扰其心，万不能解，发愤时为歌，幽宛时为诗，缠绵伤怀时为泪，怃然无端时为叹息，如烦恼丝缠，如绣花针刺，于寂寥无人处潸然不自禁。久而成茧，心困其中，不过为三千大千世界中一渺渺痴人耳。

弘一像

清凉的风来了，在我的耳边。我在想象着许多年前，他在此处的心情。天赋多才，性本钟情，俗世中的人生本如此斑斓。是什么在困扰着他呢，在夜夜梦中萦绕，难解于心？

他自言，那时患有神经衰弱，闻断食或可治，故且试之。读到这里时，我理解他了。

七情五蕴，如琢如磨，经历万千烦恼后，一朝彩彻区明。

于是，在虎跑寺断食十八日后，他与佛门结缘，后更换染衣，剃去青丝。世间万象，逐渐化去，纷扰凡尘，逐渐远去。

照见五蕴皆空。

弘一塔前，我收拾起那一卷经文，箴言如水，却不能洗净此心。我默默来到虎跑泉边，泉水如玉，何处落花漂浮其上，如此生的无根。我掬起一把水，水在指尖滑走，挽拦不住。

鸟鸣声两三点，又去了。

凤凰山

唐宋以来，州治皆在凤凰山麓。南渡驻辇[1]，遂为行宫。东坡云："龙飞凤舞入钱塘"，兹盖其右翅也。自吴越以逮[2]南宋，俱于此建都，佳气扶舆[3]，萃于一脉。元时惑于杨髡之说，即故宫建立五寺，筑镇南塔以厌[4]之，而兹山到今落寞。今之州治，即宋之开元故宫，乃凤凰之左翅也。明朝因之，而官司藩臬[5]皆列左方，为东南雄会。岂非王气移易，发泄有时也。故山川坛、八卦田、御教场、万松书院、天真书院，皆在凤凰山之左右焉。

---

1 驻辇：皇帝车驾驻留。

2 逮：到，及。

3 扶舆：盘旋而上。

4 厌：厌胜，以法术达到制胜。

5 藩臬：藩司与臬司，即布政使司与按察使司。

清　《禹航胜迹图册·凤凰山》　杭州西湖博物馆藏

《吕氏春秋》认为："古之王者，择天下之中而立国，择国之中而立宫，择宫之中而立庙。"古来宫城，多因循"立中"的原则，以山为屏，以水为障，其中的广原沃土，方可起宫室楼台，如此巍巍宫城，方可显王道荡荡，长安、洛阳、北京莫不如是。

相比之下，南宋宫城建于临安城南、凤凰山麓，多少显得气度褊狭了。这也难怪，与大王朝定鼎开基不同，宋室仓皇南迁，一路奔波，几乎亡命海上，好容易在临安暂时有个居所，也顾不得平地拆迁、大兴土木，就着吴越王宫、北宋州衙的原址，暂且住下了。

立身平正、铺陈广大的宫城如黄钟大吕的大雅正曲，而像南宋宫城这般的倒颇有些山林趣味，似高士奏响琴箫。登上凤凰山，石阶路逶迤于山间，没错，这里便是南宋宫城之内。宫阙早就如烟化去了，此地但见玉树乔木参天，薜荔藤萝萦之。忽然有一处，仿佛石林，奇山怪石玲珑有致，这便是南宋御苑中鼎鼎有名的赏月之处"月岩"。宋徽宗欲求太湖石以建艮岳，那恼人的"花石纲"还惹出不少麻烦，谁想来到江南，南宋御苑中自然生长的花石，倒比那千辛万苦搬运而来的俊俏百倍，足可满足皇帝们的审美情趣。

只见月岩间有一窍，岩下有一潭，传说中秋之日，明月缓缓移上，月光正穿过这石窍，落于潭中，于是天上月、水中月交映，别有雅趣，因此"月岩望月"与"三潭印月""平湖秋月"合称杭城三大赏月胜地。只不过与后两者相比，前者在南宋可是皇室独享的。想彼时，皇帝携嫔妃来此玩月，兴致所至，吟诗度曲，岂不妙哉。

如此山林胜景，于文人雅士，只是多了些流连山水的痴人，于皇帝，

月岩

则会少了勇于进取的明君。于是，此间乐，不思蜀，王师北定中原无日，倒是北方铁蹄嗒嗒而来，将江南佳丽地尽皆收入囊中。

南宋的结局是凄惨的，不独崖山一役，血染沧海，元僧杨琏真伽还将南宋皇陵尽皆盗掘，皇帝的骨殖连同牛马之骼压在了镇南塔下。于是临安王气绝尽，而曾经拥有无数繁华的南宋宫城也沦于落寞。

如今的凤凰山，依旧苍翠，林泉之景，依旧动人。月光每一年中秋都从月岩石窍间落下，只是赏月人，已经寥寥无几了。

宋大内

《宋元拾遗记》：高宗好耽山水，于大内中更造别院，曰小西湖。自逊位后，退居是地，奇花异卉，金碧辉煌，妇寺宫娥充斥其内，享年八十有一。按钱武肃王年亦八十一，而高宗与之同寿。或曰："高宗即武肃后身也。"《南渡史》又云："徽宗在汴时，梦钱王索还其地，是日即生高宗，后果南渡，钱王所辖之地，尽属版图，畴昔[1]之梦，盖不爽矣。"元兴，杨琏真伽坏大内以建五寺，曰报国、曰兴元、曰般若、曰仙林、曰尊胜，皆元时所建。按志，报国寺即垂拱殿，兴元即芙蓉殿，般若即和宁门，仙林即延和殿，尊胜即福宁殿。雕梁画栋，尚有存者。白塔计高二百丈，内藏佛经数十万卷，佛像数千。整饰华靡，取宋南渡诸宗骨殖，杂以牛马之骼，压于塔下，名以"镇南"。未几为雷所击，张士诚寻毁之。

1 畴昔：往昔。

梵天寺

梵天寺在山川坛后，宋乾德四年钱吴越王建，名南塔。治平十年，改梵天寺。元元统中毁，明永乐十五年重建。有石塔二、灵鳗井、金井。先是，四明阿育王寺[1]有灵鳗井。武肃王迎阿育王舍利归梵天寺奉之，凿井南廊，灵鳗忽见，僧赞[2]有记。东坡倅[3]杭时，诗僧寺诠住此。东坡过访，见其壁间诗有："落日寒蝉鸣，独归林下寺。柴扉夜未掩，片月随行履。惟闻犬吠声，又入青萝去。"东坡援笔和之曰："但闻烟外钟，不见烟中寺。幽人行未已，草露湿芒履[4]。惟应山头月，夜夜照来去。"清远幽深，其气味自合。

1 阿育王寺：位于宁波市鄞州区五乡镇，始建于晋武帝太康三年（282），寺内珍藏释迦牟尼真身舍利。

2 僧赞：赞宁，俗姓高，吴兴德清（今浙江德清）人，五代高僧，被吴越王署为两浙僧统。其所著《护塔灵鳗菩萨传》即本文所称之"记"。

3 倅：副职，指苏轼所任杭州通判。

4 芒履：草鞋。

梵天寺经幢

沈括的《梦溪笔谈》里记载了一个有趣的小故事，道是吴越王钱弘俶时，要在杭州梵天寺修建一座木塔，才建了两三层，钱弘俶登上木塔，发现这塔居然会晃动，以为患。工匠师傅就解释说："那是因为木塔还没有铺瓦片，塔上部轻，所以才这样。"但是铺了瓦片后，木塔还像当初一样晃动。

要知道梵天寺木塔可是吴越王亲自抓的重点工程，马虎不得，这工匠技穷，想去请教当时赫赫有名的匠师喻皓，但或许曾经同行相轻，不好意思，于是让他妻子去见喻皓的妻子，送她金钗，在女人家的闲话中旁敲侧击地请她去向喻皓打听木塔晃动的原因。

喻皓不愧是一代名匠，一听就明白，笑道："容易，只要逐层铺设木板，用钉子钉牢，就不动了。"工匠依此法，果然塔身就稳定了。

这个布板实钉的故事，沈括记之，因其是对古代木构营造技艺的管窥，但木塔背后的意图，可能更值得玩味。

建塔之时是宋开宝元年（968），在唐王朝大厦倾塌半个世纪后，被逐鹿的群雄践踏得满目疮痍的中原大地，终于迎来了终极王者。960年，赵匡胤陈桥兵变，黄袍加身，取当时最强大的后周而代之，此后，赵宋矛头南指，开始了对天下的征服。962年，宋军下荆湖，次年，湖南收入其囊中。964年，宋军攻巴蜀，次年，后蜀灭亡。短短三四年，半条长江已纳入赵宋版图，楼船浩荡沿江而下，只是时间问题，江南危矣。

可以想见，当钱弘俶看到不断更新中的天下形势图时，他的后脊感到了彻骨的寒意。"卧榻之侧，岂容他人酣睡？"尽管钱氏在乱世中惨淡经营着江南基业，已历五世，当鲸吞沧海时，吴越国这一叶舟，恐怕说翻就翻。

他能做什么呢？除了承祖训，恭敬地侍奉赵宋外，作为一位佛教徒，钱弘俶将保佑平安的期望寄托于佛陀。

钱氏历来崇佛，在杭州留下佛迹无数，而钱弘俶尤是。他在位期间，奉高僧为师，兴佛寺，起佛塔，广种福田。但在他心目中，最大的一桩功德应该就是重建高塔，以藏佛祖舍利。

当年阿育王分佛祖舍利为八万四千份，于各处起塔供之，据说其一为人于晋时携来中国，藏于会稽鄮县（今宁波鄞州区）阿育王寺内。佛祖舍利被视为至上佛宝，数百年来受到尊奉。而据《吴越备史》记载，吴越王钱镠于“贞明二年（916），命惠州防御使弟铧率官吏、僧众诣明州鄮县阿育王寺，迎释迦舍利归府城，仍建浮屠于城南置之”。不幸的是，显德五年（958），一场天火竟然将舍利塔烧毁，幸有一人奋不顾身冲入火海将佛祖舍利救出。

天人感应，这是上天昭示国运将衰么，连佛祖都要放弃他了么？当面对一地焦土时，钱弘俶的心中感到失落，甚至是恐惧。

所以，舍利塔成为钱弘俶挥之不去的一块心病，为求心安，他必须重起高塔，安置舍利，以求得佛祖庇护。乾德二年（964），钱弘俶建南宝塔寺，随之，一座新的宝塔开始营造。

回到沈括描述的故事里，钱弘俶登上建造中的塔，总觉得晃动不稳。虽然建塔工匠技艺不如喻皓，毕竟也是为官家服务的，不可能连座塔都建得摇摇欲坠。或许，当钱弘俶在塔上时，未必是塔动，而是心动。

梵天寺经幢上的石刻造像

木塔毕竟是建起来了，在喻皓的帮助下，仿佛风雨不移。只不过，吴越国毕竟流水落花去。

一千年后，舍利塔和佛寺皆已化为尘灰，吴越宫城已成寻常巷陌。午后的阳光里，信步踱入梵天寺路，阿婆在门口藤椅上闭着眼孵太阳，阿公在浇着几盆小花。一路走去，直至路的尽头，有一片围着铁栏杆的绿地，两座石经幢还耸立着。

梵天寺经幢，现已为全国文保，作为当年的南宝塔寺的唯一幸存者，或许在闲暇的午后，它们彼此闲话，还会说起那座木塔的往事。

胜果寺

胜果寺，唐乾宁间，无着[1]禅师建。其地松径盘纡，涧淙潺潺[2]。罗刹石[3]在其前，凤凰山列其后，江景之胜无过此。出南塔而上，即其地也。宋熙宁间，有寺僧清顺[4]住此。顺约介寡交[5]，无大故不入城市。士夫有以米粟馈者，受不过数斗，盎贮[6]几上，日取二三合啖之，蔬笋之供，恒缺乏也。一日，东坡至胜果，见壁间有小诗云："竹暗不通日，泉声落如雨。春风自有期，桃李乱深坞。"问谁所作，或以清顺对。东坡即与接谈[7]，声名顿起。

---

1 无着：无着文喜，俗姓朱，永嘉人，唐末五代高僧，仰山慧寂禅师之法嗣。

2 潺潺：水声。

3 罗刹石：钱塘江中的一块巨石，因横截江流，来往船舶到石旁，常被风浪所击而倾覆，故有此名。五代吴越王筑捍海塘后，罗刹石被淹没。

4 清顺：字怡然，姓氏籍贯不详。北宋诗僧，与苏轼等有唱和。

5 约介寡交：简约狷介，少与世人交往。

6 盎贮：用盎贮藏。盎，小口大腹陶罐。

7 接谈：交接会谈。

谁知道在青山深处，藏着杭州最大的石佛像。

胜果寺，又名圣果寺，以此地绝佳风景称“胜”，又以无着文喜禅师的道行称“圣”。它曾经是一座宏大的寺院，始建于隋，重建于唐，五代时得吴越王资助修缮，北宋时仁宗赐名“崇圣”，极盛时，胜果寺方圆二里许，凤凰山大部在其院墙之内。

只是千年之后我来时，胜果寺已是废墟一片。

寻一个阳光温煦的下午，照着清光绪本《凤凰山圣果寺志》中的地图，我去寻找胜果寺。宋城路一带是老底子的杭州城，低矮逼仄的平房一片片，各家各户摆着花盆、晒着衣被，让人颇有些对旧日光景的遐想。

宋城路尽头，是一片枝丫摇曳的樟树林，这里应是外山门所在。有石阶路引着我上山去。旧时，此径称“薜萝径”，想来径旁壁上曾经薜萝满缀吧。沿石径而上至平旷处，只见草木深深，这便是胜果寺的遗址所在了。

我继续去寻找那传说中的胜果寺石佛。循着石径向右，路边，有怪石玲珑，大大的“凤山”二字摩刻其上，为南宋人书。再行几十米，一片悬崖赫然伫立，崖上隐隐的，是三尊硕大的佛像，时光早已消磨了它的金身，只留下粗粝的轮廓。

它们就是五代钱镠时凿刻的西方三圣像。

尽管只是轮廓，但大佛巨大的身形仍然令渺小如斯的我肃然起敬。站在崖前，我望着石崖上的它们，努力想从那模糊面目中捉摸出慈眉善目、法相庄严。

胜果寺“西方三圣”残迹与新镌的罗汉像

西方三圣，曰阿弥陀佛，曰观世音菩萨，曰大势至菩萨，住西方极乐净土世界。

“舍利弗，彼土何故名为极乐？其国众生，无有众苦，但受诸乐，故名极乐。”（《阿弥陀经》）

现世太苦，众生皆苦。自唐末以来，藩镇割据，诸侯们为了王图霸业，让战火在大地上频烧。此生无望，由是，往生西方极乐净土成为百姓们的心灵寄托。当钱镠在吴越之地建立基业时，他隆重地于胜果寺石壁上奉立西方三圣，或许他期望，此地虽是东南一隅，但能成为乱世中的一方净土。

我可以想象当西方三圣像开光的那一瞬，高大的崖壁上赫然闪现金身，宏大如斯，庄严如斯，众生在其面前虔诚膜拜，希冀佛祖佑护，度一切苦厄。

梵唱声声中，莲池水开，琉璃光见，有迦陵频伽妙音宛转。佛说法时，天花乱坠。曾经在莫高窟壁上见过的《无量寿经变》图仿佛眼前。

那时节，中原板荡，杀人盈城，白骨盈野。钱氏吴越能守十三州平安，使百姓无战祸之忧，此地可谓乐土了。

后来，江南归宋。再后来，宋室南渡，以凤凰山为宫城，胜果寺改为禁军殿司衙。宋高宗曾书“忠实”于殿司衙壁上，砥砺官军，至今遗迹有存。再后来，江南陷落，宋宫归于一炬，胜果寺亦难免。

明时，胜果寺重建，大儒王阳明曾在此避难一时。

之后，胜果寺渐渐毁弃于时光中。

五云山

五云山去城南二十里，冈阜[1]深秀，林峦蔚起，高千丈，周回十五里。沿江自徐村进路，绕山盘曲而上，凡六里，有七十二湾，石磴千级。山中有伏虎亭，梯以石城[2]，以便往来。至顶半，冈名月轮山，上有天井，大旱不竭。东为大湾，北为马鞍，西为云坞，南为高丽，又东为排山。五峰森列，驾轶[3]云霞，俯视南北两峰，若锥朋立。长江带绕，西湖镜开，江上帆樯，小若鸥凫，出没烟波，真奇观也。宋时，每每腊前，僧必捧雪表进，黎明入城中，霰[4]犹未集，盖其地高寒，见雪独早也。山顶有真际寺，供五福神，贸易者必到神前借本，持其所挂楮镪[5]去，获利则加倍还之。借乞甚多，楮镪恒缺。即尊神放债，亦未免穷愁。为之掀髯一笑。

---

1 冈阜：山丘。

2 城：台阶。

3 驾轶：凌驾，超越。

4 霰：高空水蒸气凝结成的小冰粒，在下雪前或下雪时出现，俗称“雪子”。

5 楮镪：纸钱。

杭州建城于隋开皇九年(589),至今已有一千四百多年了,这期间,几多兴废,却都被五云山顶的那棵树看在眼里。

登五云山,四季皆可,深秋最佳。在九溪路口分道,穿过徐村,便至山脚。沿着曲折小路上山,在茶园中漫步而过,进入山林深处,一路绿树相迎,鸟声作伴,很是惬意。若留心脚下,会见好事者于石阶上刻画的云朵,一朵、二朵、三朵、四朵,当数到第五朵时,便到了山顶。

此时,杭州最年高的老者就赫然眼前了。

那是一棵老银杏树,它身形高大,高21米,胸径2.5米,正深秋,银杏满树金黄,于蔚蓝天色映衬下,金光熠熠,格外高贵,仿佛一位王者。“树灵尚吐三花秀”(《五云赏雪》),元代钱惟善的诗文里有它。再往前,宋代、唐代,一直追溯到一千四百年前,它的生命如此漫长,那虬劲的树根、斑驳的树干无不是沧桑的表情。

站在树旁,极目远望,钱江在右,西湖在左,参差十万人家,皆历历在目。在老树厚重的记忆里,有锦绣繁华、都会胜景,或者刀光剑影、烽火连天。杭州的一幕幕,都被它看在眼里,只是它,不说话。

树犹如此,人何以堪。桓温此语,我在此时些微领会。或许是因为人太忙碌了,熙熙攘攘,为利来往,奔波不已,转瞬间,白了青丝,老了容颜。而树,就在这里,它生枝散叶,开花结果,在春风秋露、夏虫冬雪的无尽轮回中,慢慢地生长,静静地参天。

以一棵小苗到大树,树的一生还没走完,人间的光景已经变幻了千年。

真际寺（老照片）

银杏树后原是吴越国时开山的真际寺，祖师为伏虎志逢禅师，传说这位高僧能感化猛虎，故名。后寺中亦奉十八路财神，张岱说了这里有独特的风俗，做生意的人要来这里借本钱，络绎不绝。如今，寺院早已荒废。

云栖竹径

云栖

云栖，宋熙宁间有僧志逢[1]者居此，能伏虎，世称伏虎禅师。天僖中，赐“真济院”额。明弘治间，为洪水所圮。隆庆五年，莲池大师名袾宏，字佛慧，仁和沈氏子，为博士弟子，试必高等，性好清净，出入二氏[2]。子殇妇殁。一日阅《慧灯集》，失手碎茶瓯，有省，乃视妻子为鹘臭布衫[3]，于世相一笔尽勾。作歌寄意，弃而专事佛，虽学使[4]者屠公力挽之，不回也。从蜀师剃度受具[5]，游方至伏牛，坐炼呓语[6]，忽现旧习，而所谓一笔勾者，更隐隐现。去经东昌府谢居士家，乃更释然，作偈曰：“二十年前事可疑，三千里外遇何奇。焚香执戟浑如梦，魔佛空争是与非。”当是时，似已惑破心空，然终不自以为悟。归得古云栖寺

---

1 志逢：号大扇和尚，余杭（今浙江杭州）人，五代高僧。

2 出入二氏：兼涉儒释。

3 鹘臭布衫：臭秽之物。

4 学使：提督学政的别称，为朝廷委派到各省督察官学、主持院试的官员。

5 受具：受具足戒，具足戒又称大戒，是比丘、比丘尼所应受持的戒律，因与沙弥（尼）所受十戒相比，戒品具足，故称。

6 呓语：梦话。

旧址，结茅[7]默坐，悬铛煮糜[8]，日仅一食。胸挂铁牌，题曰：“铁若开花，方与人说。”久之，檀越[9]争为构室，渐成丛林[10]，弟子日进。其说主南山戒律，东林净土，先行《戒疏发隐》，后行《弥陀疏钞》。一时江左诸儒皆来就正[11]。王侍郎宗沐[12]问：“夜来老鼠唧唧，说尽一部《华严经》？”师云：“猫儿突出时如何？”自代云：“走却法师，留下讲案。”又书颂云：“老鼠唧唧，《华严》历历。奇哉王侍郎，却被畜生惑。猫儿突出画堂前，床头说法无消息。大方广佛《华严经》，世主妙严品第一。”其持论严正，诂解[13]精微。监司守相[14]下车就语，侃侃略无屈。海内名贤，望而心折。孝定皇太后[15]绘像宫中礼焉，赐蟒袈裟，不敢服，破衲敝帏，终身无改。斋惟蔬菜。有至寺者，高官舆从，一概平等，几无加豆[16]。仁和樊令问：“心杂乱，何时得静？”

---

7 结茅：建茅屋。

8 铛：煮饭锅。糜：粥。

9 檀越：施主。

10 丛林：众多僧人居住的大寺院。

11 就正：请求指导纠正。

12 王侍郎宗沐：王宗沐，字新甫，浙江临海人，明代官员，官至刑部左侍郎。

13 诂解：对古语的解释。

14 监司：按察使。守相：郡守。

15 孝定皇太后：明神宗生母李太后。

16 加豆：添加食物，表示礼敬。豆，先秦时代的一种食器。

师曰：“置之一处，无事不办。”坐中一士人曰：“专格一物，是置之一处，办得何事？”师曰：“论格物，只当依朱子豁然贯通去，何事不办得？”或问：“何不贵前知？”师曰：“譬如两人观《琵琶记》，一人不曾见，一人见而预道之，毕竟同看终场，能增减一出否耶？”甬东屠隆于净慈寺迎师观所著《昙花传奇》[17]，虞淳熙[18]以师梵行素严，阻之。师竟偕诸绅衿[19]临场谛观讫，无所忤。寺必设戒，绝钗钏声，而时抚琴弄箫，以乐其脾神。晚著《禅关策进》，其所述，峭似高峰、冷似冰者，庶几似之矣。喜乐天之达，选行其诗。平居笑谈谐谑，洒脱委蛇，有永公[20]清散之风。未尝一味槁木死灰，若宋旭所议担板汉[21]，真不可思议人也。出家五十年，种种具嘱语中。万历乙卯六月晦日，书辞诸友，还山设斋，分表施衬[22]，若将远行者。七月三日，卒仆不语，

---

17 屠隆：字长卿，浙江鄞县（今浙江宁波鄞州区）人，明代戏曲家。《昙花传奇》：《昙花记》，屠隆所作戏曲一种，讲述唐代木清泰修行求道，终成正果的故事。

18 虞淳熙：字长孺，武林（今浙江杭州）人，明代官员，官至礼部员外郎，后隐居。

19 绅衿：地方上有权势的人或在学生员。

20 永公：慧永，俗姓潘，河内（今河南）人，东晋高僧，庐山西林寺住持。

21 宋旭：字初穉，号石门、石门山人，浙江嘉兴人，后为僧，法名祖玄，明代画家。担板汉：呆笨的汉子。

22 施衬：施舍财物给众僧。

次日复醒。弟子辈问后事，举嘱语对。四日之午，命移面西向，循首开目，同无疾时，哆哪念佛，趺坐而逝。往吴有神李昙降毗山，谓师是古佛。而杨靖安万春[23]尝见师现佛身，施食吴中。一信士窥空室，四鬼持灯至，忽列三莲座，师坐其一，佛像也。乩仙[24]之灵者云，张果听师说《心赋》于永明。李屯部妇素不信佛，偏受师戒，逾年屈三指化，云身是梵僧阿那吉多[25]。而僧俗将坐脱[26]时，多请说戒、说法。然师自名凡夫，诸事恐呵责，不敢以闻。化前一日，漏语[27]见一大莲华盖，不复能秘其往生之奇云。

---

23 杨靖安万春：杨万春，字汝和，武林（今浙江杭州）人，明代官员。

24 乩仙：扶乩请托神仙占卜问疑。

25 阿那吉多：释迦牟尼叔父甘露饭王之子，后出家，为佛祖十大弟子之一。

26 坐脱：坐化，佛教修行者端坐而逝。

27 漏语：说漏嘴。

五云山顶有三条路，一条盘曲而下九溪，一条郎当十里而至龙井，另一条则逶迤入竹林中，那一片茂林修竹，举袂成云，绿袂招摇，让人不由自主挪动脚步，朝着它走去了。

一入竹林，眼目便被绿意浸染，心魂也清朗起来。此处名为“云栖竹径”，竹自然是主人。翠竿修长且直，碧叶如裁，绝无顿挫，竹浑身上下出落得清清爽爽，令人喜爱。如果杂花生树的缤纷，可以比作苏绣，盎然活泼，那么一水的竹林，正如宋瓷清韵，见之忘俗。可不，苏轼有言“可使食无肉，不可居无竹。无肉令人瘦，无竹令人俗”，想此老作为吃货，东坡肉便是其发明，如此美味都可舍弃，而独不能舍竹，可见爱竹之深了。

于是乎，人们也将竹比德于君子，如竹节可比作君子之高节，竹之空心可比作君子之虚心，虽然这比拟有些牵强，但竹的俊逸卓荦，倒真是像翩翩君子，细节之处，也就不究了。

绝俗的竹林，是高士所居。昔佛祖于竹林精舍妙转法轮，那竹子得聆教诲，恐怕也有了禅性。又嵇康、阮籍等，常聚竹林，饮酒纵歌，世有“竹林七贤”之名。而此云栖竹径中，自然也有高人，他便是莲池大师，沿山径而下，犹可遇莲池之灵塔，至今仍有信众以香花供养。

莲池大师的生平，张岱所叙甚详。只是有一点，张岱言莲池“有省，乃视妻子为鹘臭布衫”，恐怕非妥。莲池是作《七笔勾》，将富贵名利、风月情怀一笔勾销。但无意并非绝情。更何况他这个妻子也非俗人，在莲池出家后，也削发为尼，可以说是同道中人了。或许莲池闻道之初，修行尚浅，故有此枯木之想。而得道后的莲池，按张岱所言“平居笑谈谐谑，洒脱委蛇……未尝一味槁木死灰”，是一个自在人，绝非“枯木倚寒岩，三冬无暖意”的俗汉了。

莲池虽洒脱，却绝非放浪。在其治下，云栖清规整肃，虽然“外无崇门，中无大殿”（翟灏《湖山便览》），却是实在修行道场。

自然，此地无枯木，但有竹林，春秋行替，生生不息。莲池居云栖寺四十余年，修行其间，也在四十多个春天里，见窗外竹子拔节生长，茂然成林。对了，在竹窗下，莲池还写了本《竹窗随笔》，自言是仿效《容斋随笔》，将时有所感所见一一记下，虽是絮絮叨叨，却是亲切可人，与槛外文风正呼应，可见此老是妙人。

云栖竹径，过去也称云栖梵径，因为莲池主持的云栖道场梵诵声声，故名。只是时光流转，梵宇早已丘墟，但竹林依旧葢然。风篁之中，一枝一叶，仿佛偈语无数。

六和塔

月轮峰在龙山之南。月轮者，肖其形也。宋张君房[1]为钱塘令，宿月轮山，夜见桂子下塔，雾旋穗散[2]坠如牵牛子。峰旁有六和塔，宋开宝三年，智觉[3]禅师筑之以镇江潮。塔九级，高五十余丈，撑空突兀，跨陆府川。海船方泛者，以塔灯为之向导。宣和中，毁于方腊之乱[4]。绍兴二十三年，僧智昙改造七级。明嘉靖十二年毁。中有汤思退[5]等汇写《佛说四十二章》、李伯时[6]石刻观音大士像。塔下为渡鱼山，隔岸剡中诸山，历历可数也。

---

1 张君房：字不详，安州安陆（今湖北安陆）人，著有《云笈七笺》。
2 雾旋穗散：如雾般盘旋，如穗般散开。
3 智觉：俗姓王，字仲玄，余杭（今浙江杭州）人，五代高僧，净土宗六祖。
4 方腊之乱：北宋末年浙江一带的方腊起义。
5 汤思退：字进之，处州青田（今浙江青田）人，南宋宰相。
6 李伯时：李公麟，字伯时，舒州舒城（今安徽舒城）人，北宋画家。

南宋　夏圭《钱塘秋潮图》　苏州博物馆藏

南宋夏圭有《钱塘秋潮图》，写中秋时，远山脉脉，大江茫茫，潮浪汹涌，如巨鲸驾水追逐而过，近处翠山耸起，山上有尖塔一蹙，当为六和塔，虽不见人，可想见塔上已挤满凭栏观潮之人。

六和塔近江，又居高临下，在宋时，是一等的观潮处。《梦粱录》曰，杭人八月十八看潮，“自庙子头直至六和塔，家家楼屋，尽为贵戚内侍等雇赁作看位观潮”，可见盛况，而尤其以六和塔为佳。

六和塔之初建，便因江潮故。钱塘江入海口数千年来一直在变化中。较之今日，吴越国时，杭州湾整体位置更偏南，且湾岸线更平直，钱塘江大口张开，当大潮涌起，浩浩荡荡，溯钱塘江而上，直奔杭州城下，且当时海塘远未有今日之坚固，大潮瞟突叫嚣，如庞然水怪，啃噬堤岸，吞没良田，往往有之。又江中有巨石，宋王象之《舆地纪胜》载：“秦望山附近有大石崔嵬，横接江涛，商船海舶经此，多为风浪所倾，因呼为‘罗刹石’。”罗刹为佛经中恶鬼之名，可见其凶险，连带着钱塘江也得了“罗刹江”这一诨名。此时的钱塘江，桀骜不驯，犹如恶龙，传说中钱镠射潮，便是杀威之举。自然，利箭是射不退江潮的，钱氏的实在功绩，还在修筑捍海石塘上，而在石塘起点处，为了以佛法之力震慑江潮，亦为了指点往来船只避开罗刹石，宋开宝三年（970），钱弘俶舍园而建了这座高塔。

海塘制住了江潮，于是此后的潮起之日，人们无需再战战兢兢，担心堤溃岸倾，恶龙上岸，大可优哉游哉，于江边寻一高处，坐观潮水浩荡。至于有不惜性命之徒，举彩旗小伞，泅水弄潮，而围观者更是万人鼓噪。

到了南宋，钱江潮成了皇城根儿下的娱乐，好赏玩的宋帝，哪有不观之理。这时更有一种水阵的玩法，《梦粱录》曰：

> 帅府节制水军，教阅水阵，统制部押于潮未来时，下水打阵展旗，百端呈拽，又于水中动鼓吹，前面导引，后抬将官于水面，舟楫分布左右，旗帜满船，上等舞枪飞箭，分列交战，试炮放烟，捷追敌舟，火箭群下，烧毁成功，鸣锣放教，赐犒等差。盖因车驾幸禁中观潮，殿庭下视江中，但见军仪于江中整肃部伍，望阙奏喏，声如雷震。

这阵势，比起民间小打小闹，更是气派有趣得多了。

因钱塘江长久以来蚀北岸，淤南岸，杭州湾向北弯曲，明代以后，观潮者多称海宁盐官、盐仓，而六和塔下江潮，已近乎强弩之末了。

潮既然势弱，人力便可胜天。1934 年，由茅以升主持设计的钱塘江大桥飞跨南北，曾经恶浪滔天的罗刹江天堑便成通途。

镇海楼

镇海楼，旧名朝天门，吴越王钱氏建。规石为门，上架危楼[1]。楼基垒石高四丈四尺，东西五十六步，南北半之。左右石级登楼，楼连基高十有一丈。元至正中，改拱北楼。明洪武八年，更来远楼，后以字画不祥，乃更名镇海。火于成化十年，再造于嘉靖三十五年，是年九月又火，总制胡宗宪重建。楼成，进幕士徐渭[2]曰："是当记，子为我草。"草就以进，公赏之，曰："闻子久侨[3]矣。"趋召掌计，廪银之两百二十，为秀才庐。渭谢侈[4]不敢。公曰："我愧晋公，子于是文，乃遂能愧湜，倘用福先寺事数字以责我酬，我其薄矣，何侈为！"[5]

渭感公语，乃拜赐持归。尽橐[6]中卖文物如公数，买城东南地十亩，有屋二十有二间，小池二，以鱼以荷；木之类，果木材三种，凡数十株；长篱亘[7]亩，护以枸杞，外有竹数十个，笋迸云。客至，网鱼烧笋，佐以落果，醉而咏歌。始屋陈而无次，稍序新之，遂颜其堂曰"酬字"。

---

1 危楼：高楼。

2 徐渭：字文长，号青藤居士，浙江山阴（今浙江绍兴）人，明代画家、戏曲家。

3 侨：客居。

鼓楼（老照片　摄于20世纪60年代初）

4　谢侈：因酬金过多而辞谢。

5　“我愧晋公”六句：唐代裴度（封晋公），请皇甫湜作福先寺碑文，并以车马缯彩为赠。皇甫湜以为酬金太薄，裴度再重加酬谢。此六句意为：和裴度相比我有愧，但你的文章能使皇甫湜自愧不如，以福先寺碑文的酬金标准来衡量，我的酬谢已经很微薄了，怎么会多呢？

6　橐：口袋。

7　亘：延续不断。

在杭州，若问及镇海楼，多数人茫然不知，若问及鼓楼，则是无人不知，无人不晓的。

纵一条南宋御街，横一条河坊街，再罗织以高银街、大井巷、十五奎巷等，如今的鼓楼一带，是鼎鼎有名的市井繁华处，商铺栉比，酒楼林立，老杭州好吃好看好嬉的，大抵都可在此找到，因此游人如织，人们往往以此地为体验南宋风情胜地。

非杭州鼓楼如此，北京的、南京的、西安的鼓楼一带，也是商旅辏集之处，风物荟萃之所。大概因鼓楼多在老城中心，如此钟鸣鼓击方可响应全城，而此居中位置又能聚天下之财货，时至今日，城市虽已天翻地覆，但鼓楼一带往往还保留着老底子的味道。

在中国古代城市中，钟鼓声把控着人们生活的节奏，蔡邕所谓："鼓以动众，钟以止众。夜漏尽，鼓鸣，则起；昼漏尽，钟鸣，则息也。"（《独断》）《唐六典》中记载的长安城以鼓声来引导城门开闭，"候其晨昏，击鼓之节而启闭之"。因此，钟鼓楼成为中国古代城市的必要部分，宋代《营造法式》中就明确有"鼓钟双阙，城之定制"之说。州府地方，若不专设钟鼓楼，多以城门之谯楼充当钟鼓楼之用。

杭州的鼓楼恰好借了朝天门一用。吴越时的杭州城有子城、罗城，子城为吴越宫掖官署所在，罗城则围绕子城以为拱卫，为市井闾阎之地。朝天门为罗城一门，因居吴越子城之北，为朝望天子方向，故名。宋亡之后，杭州城已无子城、罗城之分，朝天门作为城门已丧失功能，但它正当杭州城之中，是钟鼓楼选址佳处，于是，这座城楼被重新启用，楼上备有钟鼓刻漏之属，以为居民作息之指南。

明中期，海寇猖獗，此时的杭州城东界在艮山门、庆春门、清泰门一带，出了城，没多远便是江岸。而鼓楼作为城中高楼，登临其上，可东望江海，若有敌舰从钱塘江口入，则尽在目下，因此，它又有预报敌情之用，并有了个霸气的名字——镇海楼。正因其重要，尽管屡遭火焚，依然要屡次重建，而徐文长的一篇《镇海楼记》将此楼之关键条分缕析，说清道明，据说此文一出，胡宗宪大悦，予徐文长的酬金使他得以在杭州城东买下一处宅院。这无价雄文也着实当得起杭州城东一套房啦！

或许因火灾常为鼓楼之大厄，清光绪时，杭州训导陈其晋主持刻了四块真武辟火碑，其中一块便嵌在鼓楼墙上，以期真武大帝能佑保此楼避火免灾。惜 20 世纪 60 年代，鼓楼被拆除，那块辟火碑亦不知去向。现杭州碑林中还藏有另一块辟火碑，或可追思昔时之迹。

伍公祠

吴王既赐子胥死，乃取其尸，盛以鸱夷[1]之革，浮之江中。子胥因流扬波，依潮来往，荡激堤岸，势不可御。或有见其银铠雪狮，素车白马，立在潮头者，遂为之立庙。每岁仲秋既望，潮水极大，杭人以旗鼓迎之。弄潮之戏，盖始于此。宋大中祥符间，赐额曰“忠靖”，封英烈王。嘉、熙间，海潮大溢。京兆赵与权[2]祷于神，水患顿息，乃奏建英卫阁于庙中。元末毁，明初重建。有唐卢元辅[3]《胥山铭序》、宋王安石《庙碑铭》。

---

1 鸱夷：皮囊。

2 赵与权：当为赵与欢，字悦道，明州（今浙江宁波）人，南宋官员，官至资政殿大学士。

3 卢元辅：字子望，滑州灵昌（今河南滑县）人，唐代官员，唐宪宗元和年间（806—820）曾任杭州刺史。

《湖山胜概·伍庙闻钟》（明万历年间陈氏刊彩色套印本）

伍公祠在吴山，不过不是在城隍庙高耸、游客如云的吴山，而是在老杭州才心领神会的老底子的吴山。

在热闹的河坊街上行走，忽而钻入一条偏僻巷子，缘之前行，至尽头则为石阶，登之上山，至山顶再东行，只见路旁茶肆林立，浓浓杭音中，老杭州三五为伴，或啜茶，或搓麻，且慢且闲，大有消磨无涯之生的悠哉。再穿过茶肆群，才见有一古朴祠庙立一隅，这就是伍公祠。

伍公祠外，是能望见钱塘江的。如今钱塘江穿杭州城而过，江南江北，有长桥如虹，无复为天堑。而在两千五百年前，这一道长练划开的，是春秋两个霸主的国界，想当年，吴戈铮亮，越甲如铁，旌蔽日兮敌若云，春秋时代最后的争霸大戏在两岸上演。

伍公祠来人稀少，庭院幽静。内中奉有伍子胥像，虽千载寂寞之下，仍含勃勃怒意，一如他在历史记载中的那样。

他愤怒，因父兄之仇，不共戴天，为此不惜倾灭故国，管他什么君君臣臣。出昭关而一夜白头，谋阖闾而刺杀王僚，攻郢都而覆灭楚国，掘王墓而鞭挞王尸，愤怒的他，报仇雪恨起来，凌厉、极端，又酣畅淋漓，绝不姑息。申包胥责问他："子之报雠，其以甚乎？"他冷冷回道："吾日暮途远，吾故倒行而逆施之。"（《史记·伍子胥列传》）

一怒倾国的伍子胥，对于有知遇之恩的吴国，却是竭智尽忠，屡番强谏。但此时的吴王已非阖闾，而是夫差，此时的吴国，貌似如日中天，败楚国，侵齐国，屈越国，赫然为一霸。志得意满的夫差如何听得进老臣絮絮叨叨的怒言，于是，一把属镂之剑递到了伍子胥的面前。

死到临头，伍子胥还是拘不住他好怒的性子，发出了诅咒般的誓言，“抉吾眼悬吴东门之上，以观越寇之入灭吴也”！这令夫差怒不可遏，以至于将伍子胥的尸身盛以鸱夷（革囊），浮之于江。

数年后，伍子胥的誓言应验了，三千越甲渡江而北，攻灭了吴国。但助越攻吴的功臣文种，却“狡兔死，走狗烹”，不久后收到了同样一把属镂之剑。

虽然与文种曾各为其主，斗智斗勇，但忠臣落此同样下场，好打抱不平的伍子胥替他怒了。《越王外传》载：“越王赐大夫种死，葬于西山之下。一年，子胥从海上穿山胁而持种去，与之俱浮于海，故前潮水潘侯者，伍子胥也，后重水者，大夫种也。”

春秋这场大戏落幕了，伍子胥的怒火仍不能平。伍子胥埋骨的这条钱塘江，恰好也有如伍子胥般的个性，千年来，潮头汹涌。人们便将那滔天蔽日的大潮想象为是伍子胥与文种的不平则鸣，并将其奉为潮神，历代尊奉。

在这场戏中侥幸存活、远遁他乡的范蠡，后来给自己取了个奇怪的名字——鸱夷子皮，怕是物伤其类，为那浮沉于江的忠魂耿耿于怀吧。

中国人将“忍”视为一种美德，尤其在君臣父子的纲常中，为臣为子，总是要忍。但世间不平事太多，既然他君不君，父不父，不能忍，则轰轰烈烈地怒一场吧，看那钱塘江浊浪排空，世间的滔滔愤怒在此浩荡，千秋不止。

张岱的时代，江山已残，生灵涂炭。大明的最后一声怒叹，是由最后一位抵抗者张苍水发出的，在被俘后辞别故里将入武林时，他遥

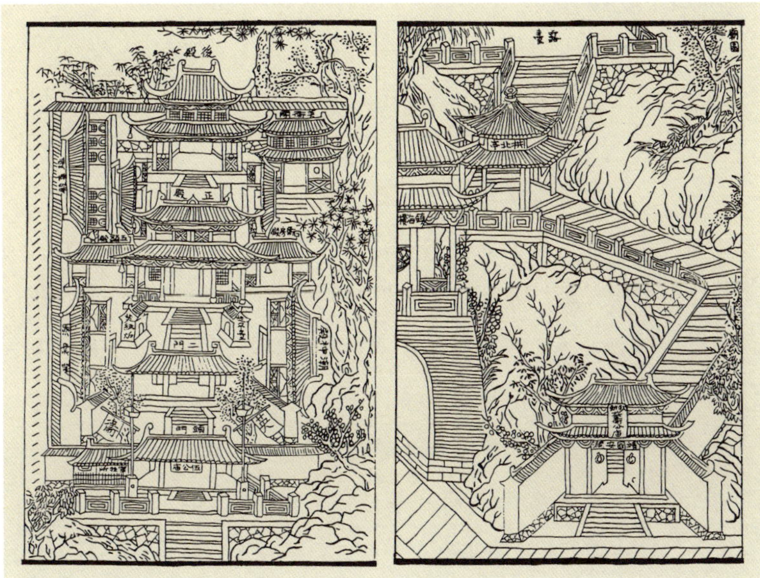

伍公庙图（选自清《吴山伍公庙志》）

望钱塘江潮，仿佛见到了那位素车白马的先驱者。

“他年素车东浙路，怒涛岂必尽鸱夷。”（张苍水《甲辰八月辞故里》）纵然强权遮天蔽日，弱势者依然可以保持愤怒。张苍水想到了这一点，于是，他坦然地走向命运的尽头。

他的魂魄，或许也加入了江上愤怒者的行列，日日夜夜，悲鸣不已。

城隍庙

吴山城隍庙，宋以前在皇山，旧名永固，绍兴九年徙建于此。宋初，封其神，姓孙名本。永乐时，封其神，为周新。新，南海人，初名日新。文帝常呼“新”，遂为名。以举人为大理寺评事，有疑狱，辄一语决白之。永乐初，拜监察御史，弹劾敢言，人目为“冷面寒铁”。长安中以其名止儿啼。转云南按察使，改浙江。至界，见群蚋[1]飞马首，尾之蓁中[2]，得一暴尸，身余一钥、一小铁识。新曰：“布贾[3]也。”收取之。既至，使人入市市中布，一一验其端，与识同者[4]皆留之。鞫[5]得盗，召尸家人与布，而置盗法，家人大惊。新坐堂，有旋风吹叶至，异之。左右曰：“此本城中所无，一寺去城差远，独有之。”新曰：“其寺僧杀人乎？而冤也。”往树下，发得一妇人尸。他日，有商人自远方夜归，将抵舍，潜置金丛祠石罅中，旦取无有。商白新。新曰：“有同行者乎？”曰：“无有。”“语人乎？”

1 蚋：蚊子。

2 尾：尾随。蓁：树丛。

3 布贾：贩布商人。

4 与识同者：持有与死去布商的铁识相同铁识的人。

5 鞫：通“鞫”，审讯。

曰："不也，仅语小人妻。"新立命械其妻，考之，得其盗，则其私[6]也。则客暴至[7]，私者在伏匿听取之者也。凡新为政，多类此。新行部，微服视属县，县官触之，收系狱[8]，遂尽知其县中疾苦。明日，县人闻按察使来，共迓[9]不得。新出狱曰："我是。"县官大惊。当是时，周廉使名闻天下。锦衣卫指挥纪纲[10]者最用事，使千户探事浙中，千户作威福受贿。会新入京，遇诸涿，即捕千户系涿狱。千户逸出，诉纲，纲更诬奏新。上怒，逮之，即至，抗严[11]陛前曰："按察使擒治奸恶，与在内都察院同，陛下所命也，臣奉诏书死，死不憾矣。"上愈怒，命戮之。临刑大呼曰："生作直臣，死作直鬼！"是夕，太史奏文星坠，上不怿[12]，问左右周新何许人。对曰："南海。"上曰："岭外乃有此人。"一日，上见绯[13]而立者 ，叱之，问为谁。对曰："臣新也。上帝谓臣刚直，使臣城隍浙江，为陛下治奸贪吏。"言已不见。遂封新为浙江都城隍，立庙吴山。

6　私：私通者。

7　暴至：突然回来。

8　收系狱：（将周新）收捕入狱。

9　迓：迎接。

10　纪纲：山东临邑人，明成祖永乐年间（1403—1424）任锦衣卫指挥使。

11　抗严：正颜厉色。

12　不怿：不乐。

13　绯：穿红色官服。

大凡有些年头的城，都有城隍庙。杭州的城隍庙便在吴山之上，高阁七层，如翚斯飞，昼夜观之，各有风态，与保俶塔、雷峰塔对峙为三。

城隍庙里有城隍老爷，城隍老爷是保一城平安的，老辈人都这么讲。与其他城市一样，杭州城隍爷也是有名有姓的忠臣义士，名唤周新，其断案如神的事迹，张岱所言甚详，《明史》亦有列传，不需赘言。

在上古三代，城隍还是个面目模糊的神祇，与土地、山神一般，属于万物有灵的崇拜序列。大抵先民围土为城，环城为隍，以抵御猛兽敌寇。但金汤之固仍不可让城内人放心，故想象出神灵来加持护卫，才有了城隍之神。《礼记》中载祭祀“八蜡”，“水庸”为其一，而这水庸便是城池的保护者。

第一位有名有姓的城隍爷，恐怕是干宝《搜神记》中的蒋子文了，这位蒋子文“嗜酒，好色，挑挞无度”，却认为自己骨格清奇，死后当为神。他于汉末死于平乱。后来，“其故吏见文于道，乘白马，执白羽，侍从如平生。见者惊走。文追之，谓曰：‘我当为此土地神，以福尔下民。尔可宣告百姓，为我立祠。不尔，将有大咎。’”然后蒋公以病疫火光恐吓百姓，讨来了这受祭祀的名分，做法实在不高尚。虽然他受祭祀后，保境安民，还算称职。

许是怕又被这奸鬼当道，加之要奖掖忠良，此后，人们逐渐开始自己选择城隍爷，将秉性正直，又在当地颇有德绩的清官功臣尊为城隍。人们期望这些正直忠魂能知民疾苦，为民做主。这民选城隍爷果然靠谱许多，也愈发受到尊奉。

但率土之滨，莫非王臣，连城隍亦如是。明太祖朱元璋在整肃了

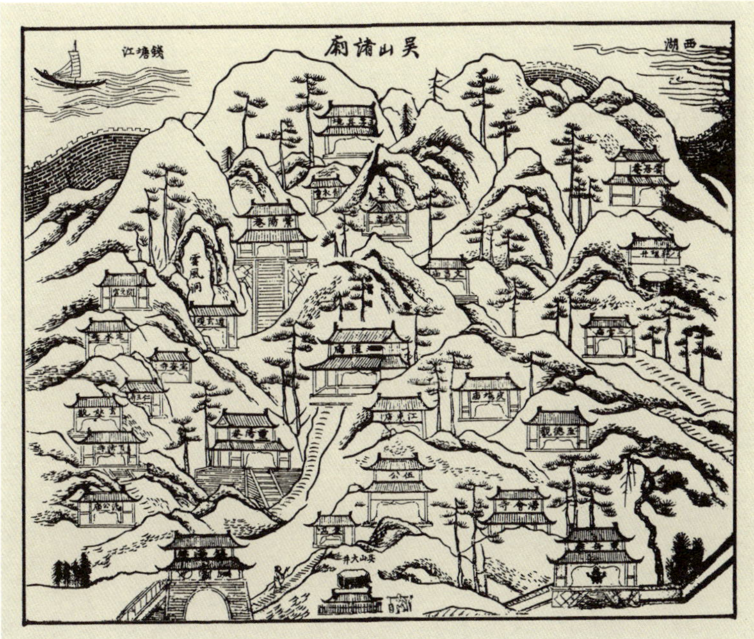

《新镌海内奇观·吴山诸庙》（明万历年间武林夷白堂刊本）

阳间的官阶品位后，也插手了阴间的。于是，一整套“王、公、侯、伯”的等级制度被套用到城隍体系中。在冠冕堂皇的封神榜下，皇权将民间的这一点选神自由也剥夺了。

权力之处，腐败滋生。在蒋子文之后一千四百年，蒲松龄于《聊斋志异》中记录了另一个谋求城隍之位者的故事：话说真定有个土财主凑了一笔钱去买官，却阴差阳错买了真定府城隍的缺，在阴间热热闹闹地过了把官瘾。前者以灾异要挟民众，后者以财物贿赂当权，是阴间之情状，亦是人间之镜像。

幸好杭州人有周新，这位冷面寒铁的御史依然坐镇吴山，正气所在，周遭肃然。

火德庙

火德祠在城隍庙右，内为道士精庐。北眺西泠，湖中胜概，尽作盆池小景。南北两峰，如研山在案；明圣二湖，如水盂在几。窗棂门槕，凡见湖者，皆为一幅画图，小则斗方[1]，长则单条，阔则横披[2]，纵则手卷[3]，移步换影，若遇韵人，自当解衣盘礴。画家所谓水墨丹青，淡描浓抹，无所不有。昔人言“一粒粟中藏世界，半升铛里煮山川”，盖谓此也。火居道士[4]能为阳羡书生，则六桥、三竺皆是其鹅笼[5]中物矣。

---

1 斗方：一尺见方的书画册页。

2 横披：横幅书画。

3 手卷：能握在手中展开阅览的书画长卷。

4 火居道士：有家室的道士。

5 鹅笼：语出自梁吴均《续齐谐记》，称有阳羡人许彦负鹅笼行路，遇一书生因脚痛求寄鹅笼中。后该书生出鹅笼，又变幻出许多景物。故后人以鹅笼之典故来借指幻中生幻。

芙蓉石

芙蓉石，今为新安吴氏书屋。山多怪石危峦，缀以松柏，大皆合抱。阶前一石，状若芙蓉，为风雨所坠，半入泥沙，较之寓林奔云，尤为茁壮。但恨主人深爱此石，置之怀抱，半步不离，楼榭逼之，反多阨塞，若得础柱相让，脱离丈许，松石闲意，以淡远取之，则妙不可言矣。吴氏世居上山，主人年十八，身无寸缕，人轻之，呼为吴正官[1]。一日早起，拾得银簪一枝，重二铢，即买牛血煮之以食。破落户自此经营五十余年，繇徽抵燕，为吴氏之典铺八十有三。东坡曰：“一簪之资，可以致富。”观之吴氏，信有然矣。盖此地为某氏花园，先大夫以三百金折其华屋，徙造寄园，而吴氏以厚值售其弃地，在当时以为得计。而今至吴园，见此怪石奇峰，古松茂柏，在怀之璧，得而复失，真一回相见，一回懊悔也。

1　正官：杭州方言，“正官”音近“精光”，是嘲讽之语。

云居庵

云居庵在吴山，居鄙，宋元祐间，为佛印禅师[1]所建。圣水寺，元元贞间，为中峰禅师[2]所建。中峰又号幻住，祝发[3]时，有故宋宫人杨妙锡者，以香盒贮发，而舍利丛生，遂建塔寺中。元末毁，明洪武二十四年，并圣水于云居，赐额曰“云居圣水禅寺”。岁久殿圮，成化间僧文绅修复之。寺中有中峰自写小像，上有赞云：“幻人无此相，此相非幻人。若唤做中峰，镜面添埃尘。”向言六桥有千树桃柳，其红绿为春事浅深，云居有千树枫桕，其红黄为秋事浅深，今且以薪以槱[4]，不可复问矣。曾见李长蘅[5]题画曰：“武林城中，招提之胜，当以云居为最。山门前后皆长松，参天蔽日，相传以为中峰手植，岁久浸淫，为寺僧剪伐，什不存一，见之辄有老成凋谢之感。去年五月，自小筑至清波，访友寺中，落日坐长廊，沽酒小饮已，裴回城上，望凤皇、南屏诸山，沿月踏影而归。翌日，遂为孟旸[6]画此，殊可思也。”

---

1 佛印禅师：俗姓林，法名了元，朝廷赐号佛印，饶州浮梁（今江西景德镇）人。北宋高僧，曾四度居云居庵，与苏轼相善，多有事迹流传。

2 中峰禅师：明本，号中峰，钱塘（今浙江杭州）人。元代高僧，曾住持天目山狮子院。

3 祝发：断发。

《湖山胜概·云居松雪》（明万历年间陈氏刊彩色套印本）

4 以薪以槱：被用作柴薪。

5 李长蘅：李流芳，字长蘅，徽州歙县（今安徽歙县）人。明代诗人、书画家。

6 孟旸：程嘉燧，字孟旸，徽州休宁（今安徽休宁）人。明代画家。

施公庙

施公庙在石乌龟巷，其神为施全，宋殿前小校也。绍兴二十年二月朔，秦桧入朝，乘肩舆过望仙桥，全挟长刃遮道刺之，透革不中，桧斩之于市，观者如堵墙，中有一人大言曰："此不了汉[1]，不斩何为。"此语甚快。秦桧奸恶，天下万世，人皆欲杀之，施全刺之，亦天下万世中一人也。其心其事，原不为岳鄂王起见，今传奇以全为鄂王部将，而岳坟以全入之翊忠祠，则施全此举，反不公不大矣。后人祀公于此，而不配享岳坟，深得施公之心矣。

1 不了汉：糊涂汉。

三茅观

三茅观在吴山西南。三茅者，兄弟三人，长曰盈，次曰固，季曰衷，秦初咸阳人也。得道成仙，自汉以来，即崇祀之。第观中三像，一立、一坐、一卧，不知何说。以意度之，或以行立坐卧，皆是修炼功夫，教人不可蹉过[1]耳。宋绍兴二十年，因东京旧名，赐额曰“宁寿观”。元至元间毁，明洪武初重建。成化十年，建昊天阁。嘉靖三十五年，总制胡宗宪以平岛夷[2]功，奏建真武殿。万历二十一年，司礼孙隆重修，并建钟翠亭、三义阁。相传观中有褚遂良小楷《阴符经》墨迹[3]。景定庚申，宋理宗以贾似道有江汉功，赐金帛巨万，不受，诏就本观取《阴符经》，以酬其功。此事殊韵[4]，第不应于贾似道当之耳。余尝谓曹操、贾似道千古奸雄，乃诗文中之有曹孟德，书画中之有贾秋壑，觉其罪业滔天，减却一半。方晓诗文书画，乃能忏悔恶人如此。凡人一窍尚通，可不加意诗文，留心书画哉？

1　蹉过：蹉跎度日。

2　岛夷：倭寇。

3　褚遂良：字登善，钱塘（今浙江杭州）人，唐代名臣，官至尚书右仆射，书法尤善，为“初唐四大家”之一。《阴符经》：《黄帝阴符经》的简称，为道教经典。

4　殊韵：非常风雅。

吴山虽小，却玲珑可爱。自城隍阁有山径南去，循之，满目山木杂花，若有心，在花木间细细寻古，则会在进入云居山的山径旁见到一方摩崖，读之，曰：“尚书省牒：奉敕赐宁寿观为额。牒至准敕，故牒。绍兴二十年六月日牒。签书枢院事参知政事巫（押），参知政事余（押），太师尚书左仆射同中书门下平章事（押）。”读毕愕然，这宁寿观何许观也，竟然蒙皇帝御敕赐额，又有一众宰相级别的大员来承办此事，料想此观定非寻常。

是的，它不寻常，宁寿观本名三茅观，是祠奉秦汉时得道的三茅真君之所。唐宋时，三茅信仰颇盛，流风所至，遂于吴山建三茅观。宋徽宗崇宁元年（1102），封大茅君为“太元妙道真人东岳上卿司命神君”，中茅君为“定录右禁冲静真人”，小茅君为“三官保命冲惠真人”，时东京有宁寿观为三茅君祠。北宋灭后，东京宁寿观沦于敌域。康王南渡，至绍兴二十年（1150），江南稍稳，宋高宗不思恢复故国，先思忖着恢复宁寿观，于是赐吴山三茅观以“宁寿观”之额，前述的尚书省牒摩崖说的正是这一桩事。

作为一所皇家道观，宋高宗对其恩宠有加，除了赐额外，还赐予七宝，即南朝宋鼎、唐钟、褚遂良书《阴符经》、吴道子画《南方星君像》、玉靶剑、轩辕镜、七宝珠，故三茅观所在小山也由此被称为七宝山。此后的南宋皇帝亦为三茅真君加号进封，多施御书宝物。陆游曾作《行在宁寿观碑记》，状其胜景：“表里湖江，拱辅宫阙，前带驰道，后枕重阜，尽得都邑之胜。……荣光异气，夜烛天半……非他宫馆坛宇可得而比也。”只是宁寿观如此兴盛，也回不去东京梦华，只待北军南下，

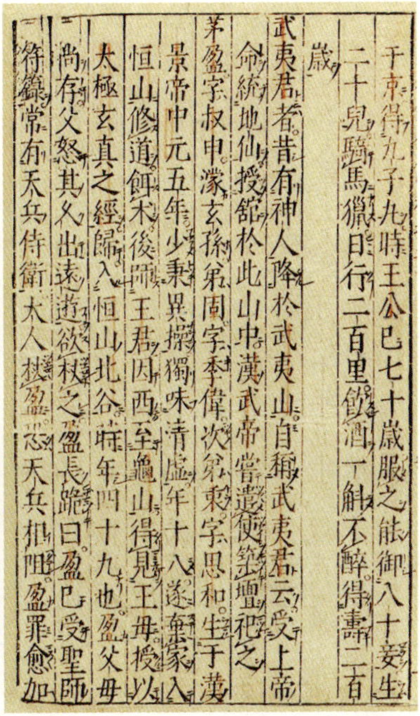

于東得九子九時王公已七十歲服之能御八十妾生二十兒騎馬獵日行二百里飲酒一斛不醉得壽二百歲

武夷君者昔有神人降於武夷山自稱武夷君云受上帝命統地仙授館於此山中漢武帝嘗遣使築壇祀之

茅盈字叔申濛玄孫弟固字季偉次弟衷字思和生于漢景帝中元五年少秉異操獨味清虛年十八遂棄家入恒山修道餌朮後師王君因西至龜山得見王母授以太極玄真之經歸入恒山北谷時年四十九也盈父母尚存父怒其久出遠遊欲杖之盈長跪曰盈已受聖師符籙常有天兵侍衛太人撻盈恐天兵抑阻盈罪愈加

三茅真君（选自明王世贞辑《有象列仙全传》）

元人一炬，可怜焦土。

明代，三茅观得到重建，褪去了皇家道观的光环，此处恢复为清幽的修道养心地。于谦少时，家住吴山下太平里(今河坊街附近祠堂弄)，或许是城内喧哗，他常来三茅观内设的书馆读书，砥砺性情。

风云之后，三茅观如今已成废墟，除了前述的摩崖外，只有崖上漫漶不清的真君像、废池荒桥及草间散落的柱石数件可存怀念了。今人虽修屋数楹，已非昔貌。

《湖山胜概·紫阳洞天》（明万历年间陈氏刊彩色套印本）

紫阳庵

紫阳庵在瑞石山。其山秀石玲珑，岩窦窈窕[1]。宋嘉定间，邑人胡杰居此。元至元间，道士徐洞阳得之，改为紫阳庵。其徒丁野鹤修炼于此。一日，召其妻王守素入山，付偈云："懒散六十年，妙用无人识。顺逆俱两忘，虚空镇长寂。"遂抱膝而逝。守素乃奉尸而漆之，端坐如生。妻亦束发为女冠[2]，不下山者二十年。今野鹤真身在殿亭之右。亭中名贤留题甚众。其庵久废，明正统甲子，道士范应虚重建，聂大年[3]为记。万历三十一年，布政史继辰范涞[4]构空翠亭，撰《紫阳仙迹记》，绘其图景并名公诗，并勒石亭中。

1 窈窕：幽深。

2 女冠：女道士。

3 聂大年：字寿卿，江西临川（今江西抚州）人，明代官员、文学家。

4 范涞：字原易，徽州屯溪（今安徽黄山）人，明代官员，明神宗万历年间（1573—1619）曾任浙江布政使。

道人所居的紫阳庵自然早已如烟灭，但瑞石山上仍有仙迹可寻。

老城有一片街区名“元宝心”，犹是旧时市井风貌。穿街而过，至瑞石山下，有石阶引人而上。渐渐，秀木碧草间，但见奇石玲珑，或如伏鼋，或如长蛇，满目琳琅，仿佛琼宫仙境。感叹之间，忽见崖壁上有“第一山”摩崖，近观，则为宋米芾所书，明时摩刻于此，虽非原迹，若石癖米老至此，正抒心声。又有明胡缵“紫阳洞天”题刻，可知已入神仙洞天。

瑞石山“岩岫窈窕，百窍罗生”（清·翟灏《湖山便览》），世人但知飞来峰之妙，原来这间阎声闻的瑞石山之石，亦卓尔不俗，象生仿佛，众相皆备，大可驰骋想象，遨游一番。尤其以瑞石洞飞来石为著，层石叠起为洞，天工自然，不亚宋徽宗艮岳，深邃幽然。入洞探之，则洞顶悬有一巨石，若天外飞来，正迫头上。而壁上皆是昔日文人题刻，为诗为咏。

西湖群山多姿，既有北高峰、美人峰之挺拔高峻，亦有飞来峰、吴山、南高峰之宛转玲珑。刚柔之际，成因不同。外围群山多为砂岩质，因地壳运动而隆起；而内围群山多为石灰岩，为海侵时沉积成岩，后出露为山阜，再由流水长年雕琢而成，故形奇状古。至于西湖北缘的宝石山、栖霞岭，则为火山岩浆岩，是一场惊心动魄的火山活动的产物了。

山川虽巨变，以千万年为纪，而人寿不足百，如朝菌不知晦朔，难以领悟，却对岁岁年年之花开花落，感同身受。昔崔护有“人面不知何处去，桃花依旧笑春风”句，二百年后，苏轼登瑞石山，于宝成

清　任伯年《紫阳纪游图》　浙江省博物馆藏

寺赏牡丹，忽有零落之感，故于岩壁题曰：

　　春风小院却来时，壁间惟见使君诗。应问使君何处去，凭君说与春风知。年年岁岁何穷已，花似今年人老矣。去年崔护若重来，前度刘郎在千里。

至今崖上，尚有明代重刻苏诗，而此岩壁，也称为“感花岩”。一朝一夕，花落之时，可与苏子同感。

后 记

2010 年 7 月 11 日，我才辞北京，来到杭州。午后，去龙翔桥办了公交卡，顺便蹬上一辆公共自行车，本欲到望江门一带去和房东谈租房的事情，见时间尚早，不经意地竟骑到了西湖边。见一长椅空闲，我便把车倚在一边，坐了下来。

那一湾西湖水就在我眼前了。正夏日，长柳依依，湖上悠悠几只小舟。

忽然，黑云翻墨，狂风飙起，柳丝被撩乱，舟子匆忙划船至岸边，游人惊慌而去。满湖碧水，掀起龙鳞般的浪，直至极目远山，如慈悲的菩萨忽呈愤怒状。一场巨大的幻境，在我眼前展开。

一时间，人皆走避，只留下了我，和风波不定的西湖，面面相觑。

我以为这是一场暴风雨的开端，但是，雨珠并未落下。一晌后，风平浪静。

我继续蹬上我的车，去了望江门，租下了房子，从此开始我在杭州的生活。

此后经年，我无数次地来到西湖，或因为春和景明，寻芳桃下；或因为心闲意适，漫步柳荫；也有时虑乱无所从，来湖头访我师；也有时空落无所依，去静处读旧经。西湖的风景变换着晴明风雪，一如我心跌宕于红尘中。然后，她渐渐地懂我，我渐渐地懂她。

知西湖者，白、苏二公是，张岱亦是。张岱盘桓湖上多年，林泉花树，月夕雪夜，莫不知之。而江山沦落，城郭非昨，西湖却无日不入他的梦中，故有《西湖梦寻》一书。

虽知那已是梦影中的西湖了，痴人如我，却总是带上一本《西湖梦寻》，去寻访张宗子的旧踪，有些遗迹仿佛，有些新貌皎然，而有些则早已化为荒烟蔓草。

遇见或遇不见，无妨，我只是漫步在张岱的西湖梦里。

一些感遇，或许只能心领神会。而愚妄如我，又打算以文字来记录。张岱所经七十二，世事沧桑后，亭台楼阁或不可寻，山石池泉或仍可睹，我访得其中的四十九处，聊以小文记之。张岱寻梦里西湖，我捉摸梦影之影，愈发地无谓了。

或许有痴人，愿意同赴这场梦，看，崇祯五年的那场雪，又纷纷扬扬地落下了。

苗子兮

于泠梧馆

封面绘画取自金心明作品《孤山》

摄　影

汪建伟　胡　展　徐　硕　韩志雅　陈云飞